Una
buena
pieza

Alicia
Giménez
Bartlett

Una buena pieza

Alicia Giménez Bartlett

Ediciones Destino
Colección Áncora y Delfín
Volumen 1698

Ediciones Destino, un sello editorial de Editorial Planeta, S. A.
Avda. Diagonal, 662-664, 08034 Barcelona (España)
www.planetadelibros.com
www.edestino.es

Primera edición: junio de 2025
ISBN: 978-84-233-6785-6
Depósito legal: B. 8.989-2025
Composición: Realización Planeta
Impresión y encuadernación: Rotoprint by Domingo, S. L.
Printed in Spain - Impreso en España

PEFC Certificado
Este libro procede de bosques gestionados de forma sostenible
PEFC
PEFC/14-38-00305
www.pefc.es

Para Ariadna y Núria Mestre Aguilera.
Jóvenes y buenas lectoras. Dos mujeres
llenas de encanto que irradian luz

Una mala mujer

Oigo, Petra, su aflicción
y escucho el triste concierto
que forman, tocando a muerto,
la campana y el cañón.

—¿A qué viene eso, Fermín?

—Es un verso antiguo.

—Sí, eso ya lo sé.

—Sólo que yo, en vez de patria, he puesto Petra.

—Sí, eso también lo había notado.

Miré al subinspector como si fuera la primera vez que lo tenía delante. El pelo se le había puesto muy canoso en los últimos tiempos, también el bigote. Sin embargo, los ojos le brillaban con la intensidad maliciosa de los de un adolescente. Desprendía un fuerte olor a café.

—¿Es así como se siente hoy, como un viejo poeta?

—¿Yo? ¡Para nada! Hoy llevo una marcha de mil demonios.

—Conseguida a base de cafeína, por lo que puedo husmear.

Sacó el brazo derecho de detrás de la espalda y me ofreció un café en un vaso de papel.

—Estaba esperando que me tachara de egoísta e insolidario por no haberme acordado de usted, cosa que seguro que se disponía a hacer, pero la verdad es que me estoy quemando los dedos con el dichoso vasito.

Le arrebaté su obsequio riendo y abrí la tapa. ¡Qué bien huele el café!, a promesa matutina, a consuelo, a confabulación, a amistad. El café es la última aspiración del pueblo llano, el único modo de reivindicarse como individuo. Sólo hay que visitar un bar a media mañana: cortado, americano, descafeinado, capuchino, expreso, de calcetín, con azúcar moreno, blanco, sacarina... Ahí enarbola todo el mundo la bandera de la voluntad propia, dispuesto a matar por ella si hiciera falta. A la mayor parte de los ciudadanos será la única elección que le permitan durante el día.

Garzón me sacó de pronto de las ensoñaciones cafeteras en las que estaba sumida con enorme profundidad.

—Inspectora, desde que le recité los versos hasta ahora ha pasado ya un buen ratito y usted no reacciona.

—¿Qué esperaba que hiciera, aplaudirle por lo del café?

—No, coño, pero podía pensar que lo de la aflicción, el cañón y el muerto venía a cuento de algo, ¿no? Una detective está para deducir.

—A estas horas de la mañana no estoy para deducciones ni para desentrañar claves. Desembuche, Fermín.

A primera hora, un deportista que hacía *footing* por la cuesta de la Rabassada había encontrado a una mujer muerta, tirada en la cuneta. Como el tema olía a crimen organizado, el caso había pasado a la Policía Nacional, a nuestra comisaría y, más concretamente, nos había sido asignado a Garzón y a mí.

—¡Haberlo dicho, joder!

—Hay tiempo de sobra. Acaban de avisar al forense y al juez. Y ya están allí los de la Urbana, con el lugar acordonado. Fue a ellos a quienes primero llamó el joven que encontró el cadáver. Todo controlado. Acábese el café.

—¡A quién se le ocurre recitar versos en estas circunstancias! —iba yo rezongando mientras me ponía el abrigo.

Soplaba un viento helado y quizá en parte por eso, al contemplar las piernas desnudas de la mujer, un estremecimiento me recorrió la espina dorsal y me hizo emitir un leve gemido. También es posible que no haya conseguido acostumbrarme al drástico espectáculo que brinda la muerte violenta. En cualquier caso, el frío entró en mí y allí se mantuvo, agazapado, mientras observaba el cadáver. No era nada, en apariencia, que pudiera considerarse novedoso: boca abajo, con la falda muy corta arremangada hasta mostrar la ropa interior, una mujer regordeta con aspecto de prostituta yacía tristemente en el suelo. Es fácil ser víctima cuando trabajas en la calle. Había oído comentar a varios compañeros que el caso de bandas organizadas de proxenetas que tanto aparecía por entonces en la prensa se prolongaba más allá de lo deseable, sin que la poli fuera capaz de ponerle punto final. Quizá aquella pobre tipa formaba parte de las que se habían rebelado contra sus explotadores, y con ella habían pasado de las amenazas a la ejecución de las mismas.

El juez y el forense estaban muy absortos en su conversación; enseguida averigüé el motivo:

—Tengo que realizar la autopsia y contemplar cada detalle con cuidado, pero así, a bote pronto, yo diría que esta mujer lleva dos días muerta, cuando menos.

—Y yo le digo que es muy extraño que la tiren de un coche llevando dos días muerta —comentó el juez.

Me encogí de hombros y enseñé las palmas de las manos, vacías de toda sospecha.

—¿Puedo verla? —pregunté para señalar lo prematuro de cualquier pregunta.

A mi lado se instaló Garzón, y ambos acuclillados nos dedicamos a observar de cerca el cuerpo: pelo furiosamente rubio de bote, ojos emborronados por la pintura, joyas de mala bisutería, blusa de leopardo y zapatos de tacón. No tenía pinta de formar parte del grupo de mujeres obligadas a prostituirse que ya se estaba investigando, y no porque todo indicara una ausencia de buen gusto en el vestir, que también, sino porque aquella mujer estaba ampliamente por encima de los cincuenta, y las chicas que hasta ahora se habían liberado ni rozaban de puntillas los treinta. Era además poco atractiva, mientras que todas aquellas víctimas de la trata de blancas constituían un ramillete de belleza de tipo nórdico muy comentada por los medios de comunicación.

El comisario Coronas, muy dentro de la lógica policial, no quería descartar por completo la pertenencia de aquella mujer a la red y por eso había aceptado el caso, poniéndolo en nuestras manos. Sin embargo, desde el primer momento en que la vi tuve casi la certeza de que se trataba de un verso suelto, nada que ver con ninguna gran organización. Me temo que el comisario pensaba lo mismo.

Y allí estábamos, frente a un rostro sin vida que empezaba a parecer no haberla tenido jamás.

—Es como una muñeca rota, ¿verdad? —me susurró Garzón.

—Sí, la muñeca vieja y fea de la que normalmente las niñas nunca quieren desprenderse.

—Pues a esta pepona alguien le ha dado pasaporte sin mucho cariño. La pobre es horrible.

Era verdad, mirar aquel cadáver no inducía a ninguna compasión, sino más bien a un considerable rechazo. Todo era tan feo en aquella pobre muerta: su figura, su atuendo, su postura... Intenté forzar mis sentimientos. Sí, en el fondo era merecedora de piedad: una prostituta en los cincuenta, que carece de medios no sólo para dejar de ejercer la profesión, sino para comprarse ropa más cara. Conseguí que me diera pena. Eso estaba mejor, no suelo investigar un caso sin sentir piedad inicial por la víctima y piedad final por el asesino, en caso de que lo cacemos.

Las pruebas halladas en un radio razonable eran escasas: una colilla, un montoncito de lana roja... Todo fue colocado en sus bolsas reglamentarias, pero sin la menor convicción de que sirviera para algo. ¿Quién podía decir desde cuándo estaban en el bosque aquellos objetos? El hecho de que el cadáver hubiera sido sacado de un coche y arrastrado hasta la cuneta nos dejaba sin lugar del crimen, que suele ser una fuente de conocimiento. Y que la mujer llevara dos días muerta haría que la autopsia fuera más imprecisa. Testigos: ¿en invierno, en una carretera rural y de madrugada? Muy difícil, prácticamente imposible. «Todo en contra», me dije; y para animarme, añadí a mi pensamiento: «Rocas más escarpadas has escalado, Petra», y antes de seguir dilucidando si aquello era verdad o no, le tiré de la manga a mi compañero para que se incorporara al grupo y, juntos, presenciamos el levantamiento del cadáver.

Que fuera la nuestra una muerta anónima sin el pedigrí de pertenecer a un vistoso caso de trata de blancas no beneficiaba la celeridad de los trámites previos, imprescindibles en la investigación. Mientras esperábamos los resultados de la autopsia, nuestro equipo, compuesto por Garzón, Yolanda, Sonia y yo misma, empezamos a patear todos los bares y baruchos con ambiente canalla de la ciudad. Confidentes, mangantes con la lengua larga y calles con focos muy concretos de prostitución serían nuestros escenarios de batalla durante todo aquel tiempo. Menos los ambientes de lujo, a los que sin duda no pertenecía nuestro cadáver, nos proponíamos cribar prostíbulos, clubes de alterne y esquinas características sin excepción. Son estas tareas de paciencia y voluntad, porque abarcan muchas personas y lugares, y aunque voluntad no nos faltaba, de paciencia íbamos mucho peor, al menos yo. ¿Cómo demonio era posible que nadie, absolutamente nadie, hubiera visto jamás a aquella paloma rubia de cuerpo rechoncho ejerciendo su infame trabajo? ¿Nadie, ni una compañera que la hubiera echado en falta, ni un chulo de baja estofa, ni el dueño de un bar que la conociera por acudir a abrevar a su local, ni un maldito familiar, aunque fuera lejano? ¿Qué era aquello, la floración de un ser espontáneo y leve que no dejaba huellas a su paso?

Las jóvenes policías de mi equipo estuvieron formulando hipótesis sobre sus prendas de vestir y su falta de estilo mientras miraban las fotografías del cuerpo:

—La cara no tiene expresión porque lleva tiempo muerta —dijo Yolanda—. Pero lo cierto es que la tía se pintaba fatal. Miren qué colorines en el párpado.

—El malva está de moda —objetó Sonia.

—¿Y eso qué tiene que ver? Lo que yo quiero decir es que se puso la sombra de ojos muy mal, embadurnada a lo burro. Está claro que, encima de fea, no era coqueta.

—Bueno, tía, pues no estoy de acuerdo, se compró unos productos de mucha calidad, porque después de tantos días todavía se le notan.

Intenté que no se enzarzaran en una de aquellas controversias inútiles de las que tantas había presenciado. Me interesaban más sus comentarios sobre la ropa:

—La blusa de leopardo debe de ser de los chinos —dijo Sonia mirando la prenda con repugnancia—. En ningún otro sitio venderían una cosa tan horrible. Miren la etiqueta, ya verán.

—Modas Liu-Chin. Fabricado en China —leyó Garzón.

—¿Lo ven? —exclamó la chica, encantada de marcarse un tanto.

—Pero la falda no podía ser de su talla —siguió Yolanda—. Miren qué cinturita tan estrecha tiene; la señora de las fotos no cabe ahí. Por eso la llevaba sin abrochar.

—Debió de comprársela así para que fuera bien corta y poder enseñar pierna.

—Pues podía haberla llevado a que se la ensancharan, ¿no?

—¡Joder, tía!, estaba claro que la señora esta no era el colmo del cuidado y el glamur.

¿Por qué se picaban siempre la una con la otra en estas circunstancias, qué querían, conseguir nuestra aprobación, que les dijéramos cuál de las dos era una policía más sagaz? Les hubiera arreado a ambas con un zapato. ¡Los zapatos!, no se me ocurriría pedirles información sobre el calzado. Aun así, Yolanda me la dio:

—No llevaba medias, y los zapatos eran vulgares y corrientes, aunque nuevos.

—¿Nuevos?

—Míreles las suelas —añadió atisbando a través de la bolsa de plástico—, debía de estrenarlos ese día.

—Podía usarlos sólo para las ocasiones especiales —se arrancó Sonia.

—¡Están nuevos, mona!, ¿es que no lo ves?

—Basta. Ya podéis marcharos las dos.

Resoplé mirando a mi compañero en cuanto hubieron salido.

—¡Qué pesadas se ponen, caramba! ¡Y eso que se llevan de maravilla!

—Quieren mover bien las plumas delante de usted, inspectora.

—¿De mí?

—¡Claro!, usted es su referente, la persona a la que quieren imitar.

—¿Y yo soy tan tocacojones en cuestiones investigativas, Fermín? —Se puso a mirar al techo remedando un silbido de distracción—. Mejor no le pregunto. Y los objetos personales de esta pájara, ¿dónde demonios están?

—No los hay, inspectora. Sólo un vale de transporte urbano de los que hacen para turistas. Creo que lo llevaba pegado en la planta de un pie, con la media por encima.

—¿Usado?

—A medio usar.

Tanta piedra colocada en cualquier camino empezaba a ponerme nerviosa. Llamé al juez que instruía el caso, le insistí en que me diera el nombre del forense encargado de realizar la autopsia y cuando lo tuve hice algo que se suponía que no iba a hacer: lo presioné por teléfono. Debía de ser joven, porque no me mandó al infierno. Al contrario, se disculpó por la tardanza en ocuparse de nuestra muerta y se marcó una proposición insólita en aquellas circunstancias:

—Calculo que esta tarde sobre las ocho habré acabado. ¿Por qué no se pasa por aquí y le comento los resultados de palabra?

¿Joven?, debía de ser un bebé si aún no se había contaminado de las prácticas groseras que nos gastábamos en el gremio. Mis muestras de agradecimiento fueron contenidas y discretas para que no se percatara de que su trato hacia nosotros resultaba excepcional.

Era en efecto joven, y encima guapo; francamente irresistible enfundado en su bata blanca. Sonreía cortésmente y se expresaba sin necesidad de palabras malsonantes.

—¿Cuánto lleva en el servicio? —le pregunté para orientarme.

—Tres meses —corroboró él mis suposiciones.

Imaginé que quizá tres meses más bastarían para ponerlo en la senda de la mala educación. Sin duda el subinspector le hizo caminar un buen trecho por dicha senda con sólo abrir la boca:

—Oiga, aparte de una charla didáctica, ¿nos dejará echarle una mirada a la interfecta? No creo que sea plato de gusto, pero así nos formamos una idea.

Abrió la puerta de la sala de autopsias y nos franqueó el paso. En una de las camillas de acero inoxidable estaba nuestra víctima. La habían cubierto con una sábana. El doctor Segovia, que así se llamaba, empezó a hablar:

—Llevaba más de dos días muerta cuando la encontraron. Tiene abrasiones en la cara y la frente, producidas *post mortem*; probablemente del golpe al tirarla desde el coche a la calzada y arrastrarla desde allí hasta la cuneta.

—El tipo no gastó tiempo en esconderla. No quería que lo cazaran in fraganti —comentó el subinspector.

—Ni siquiera sabemos cómo murió —apunté.

—Desangrada —sentenció el médico—. Tiene un navajazo profundo en el estómago.

—Pero en la ropa no había sangre, ¿la había en el cuerpo?

—Un poco alrededor de la herida, sí; pero en una cantidad inapreciable.

—El asesino lavó a la víctima y le cambió la ropa que llevaba al agredirla. ¿Cierto? —preguntó el subinspector.

—Eso parece —dije—. Quizá necesitaba que no llamara la atención para sacarla de donde quiera que estuviera.

—¿Cómo se puede sacar un cadáver de algún lugar sin que nadie se dé cuenta? —se interesó Segovia.

—Hay maneras: en un baúl, fingiendo que está enfermo, o borracho...

—¿Y la sangre?, ¿a dónde ha ido a parar toda la sangre de ese cuerpo desdichado? —se preguntó Garzón, de nuevo en vena poética.

—¿Hay más hallazgos que se deban señalar? —pregunté yendo al grano.

—No había tomado drogas ni alcohol. No tiene marcas ni detalles morfológicos de interés. Es una mujer normal.

—Una prostituta —puntualizó mi compañero.

—Eso no se ha revelado en la autopsia.

Pedí permiso con una mirada y, al recibirlo, levanté la sábana que cubría el cuerpo. Una mujer normal, si no hubiera sido por el tinte de pelo amarillo chillón y la laca de uñas rojo intenso que se había aplicado en manos y pies, por cierto con considerable mala traza, sobrepasando los límites de la uña estricta y manchando la cutícula. Lo demás era lo de siempre: pechos y vientre caídos, rodillas marcadas..., los chirlos de la edad.

—En fin —musité—. Poco hemos avanzado.

—¿Lo que había en su zapato tampoco aporta pruebas? —dijo el joven médico.

—No lo hemos visto. Hemos estado comentando sus prendas de vestir, pero los zapatos quedaron para después.

—Apareció cuando la desnudamos, dentro de la media, pegado en el pie. Es algo así como un billete de metro, pero no lo hemos querido tocar demasiado. Estará en una de las bolsitas.

¡Ah, sí, la tarjeta de metro! Correr de un lado a otro sin prestar la atención necesaria a cada prueba no beneficia ninguna investigación. Regresamos a comisaría y, cierto, tal y como se nos acababa de decir, allí había una bolsita con un pedazo de papel en su interior.

—Es un bono de autobús. De autobús o de metro, no sé. Nunca había visto una tarjeta así. Sonia dice que la compran los turistas.

Miré los zapatos, negros, vulgares, con plataformas y tacón. Las medias eran negras, de lana gruesa. Si habían vestido el cadáver con posterioridad a su asesinato, parecía obvio pensar que aquel billete se había enredado entre las medias en un descuido. Un bono de autobús o de metro. Era algo tan de uso común que apenas si podía considerarse como una pista. Lo saqué, lo tomé entre las manos: «Barcelona Card», leí.

—¿Usted sabe si esta cosa tiene alguna particularidad?

—No lo había visto en mi vida. Suelo llegar hasta aquí caminando. Pero es de transportes de Barcelona, eso seguro.

—¡Joder, Garzón, cómo hemos abandonado el proletariado! Me da vergüenza ir a preguntar qué tipo de billete es.

Llamamos a las chicas, que sí eran usuarias del transporte público, pero tampoco habían visto esa clase de billete jamás, aunque Sonia creía haber oído que era especial para turistas. Busqué en el ordenador:

—Aquí está, no se esfuercen. Barcelona Card es un tipo de billete que incluye todos los medios de transporte público y también la entrada gratuita a varias atracciones y museos de la ciudad. Por ejemplo: el Museo Picasso, el mirador de Colón, el Museo del Chocolate...

—¿Hay un museo del chocolate en Barcelona? —preguntó Sonia, siempre inoportuna.

La miré con ojos de asesina y proseguí, haciendo mucho hincapié en mis palabras:

—Los usuarios de esta tarjeta suelen ser casi en su totalidad turistas. Las tarjetas pueden abarcar dos, tres y cinco días.

Las dos policías se abalanzaron sobre el papelito a la vez y leyeron como en un coro:

—¡Cinco días!, y la víctima ya llevaba dos gastados.

—La pobre a lo mejor no pudo ir al Museo del Chocolate —remachó Sonia.

Antes de mandarla al infierno, deshice la reunión dando órdenes a diestro y siniestro.

—Sonia y Yolanda: mañana continuad las pesquisas por el ambiente de puterío. Y usted, subinspector, tráigame un informe escrito de lo que llevamos investigado, no quiero broncas con el juez. Buenas noches a todos.

Las chicas se largaron enseguida, pero el subinspector remoloneó un rato por mi despacho, justo para decir:

—Si el culpable es un turista, Petra, estamos apañados. ¿Usted sabe cómo nos complicaría eso las cosas? ¿Por dónde empezaríamos, cómo atrapar a un tipo que...?

—¡Basta, Fermín! Lo único que me falta es usted señalando las dificultades de la situación. Ha sido un día muy largo. Quiero irme a descansar y dejar de pensar en putas muertas.

En casa estaba Marcos, sin ninguno de sus hijos. Lo lamenté, la presencia de los niños imprime a las noches un plus de follón que ayuda a que los problemas del trabajo se olviden con facilidad. Marcos me sonrió, levantando la vista del periódico.

—Por tu cara deduzco que será mejor no preguntar qué tal te ha ido hoy.

Me derrumbé en el sofá como un general tras la batalla y soplé con la mirada puesta en el techo. Marcos se incorporó:

—Y por tus gestos deduzco que necesitas una copa. Sólo te haré una pregunta: ¿quieres hablar o no?

—Mientras no sea de putas asesinadas...

—No hay cuidado; no suele ser uno de mis temas de conversación favoritos.

Desapareció quedamente y un minuto después estaba de vuelta con un par de copas de oporto en las manos.

—Gracias, querido. ¿Te he dicho alguna vez que detesto ser policía?

—Desde que nos conocemos me lo has dicho todos y cada uno de los días que estás de servicio. Pero justo porque nos conocemos, yo no te he hecho caso jamás. Te gusta lo que haces, Petra, ríndete a la evidencia.

—Pero hay veces en las que... ¿Has seguido por la prensa el caso de la organización de proxenetas que está desmantelando la policía?

—Creía que no estabas en eso.

—Y no lo estoy. Ese es un caso grande, importante, de relumbrón, donde serán liberadas de la esclavitud sexual un montón de chicas bellas e inexpertas. Lo mío es bastante más sencillo: llevamos el caso de una prostituta fea, mayor y completamente anónima que, encima, parece haber sido asesinada por un maldito turista. ¿Se te ocurre algo más cutre?

—No parece el colmo de la distinción policial, pero siempre pensé que eras inmune a los relumbrones.

—Y lo soy, créeme, lo soy. Justamente por eso estoy tan apurada por este caso. Te aseguro que si no apareciera el culpable, no caerían sobre nosotros todas las fuerzas del poder ni las presiones de la sociedad. Una pobre prostituta de edad madura... ¿a quién le importa? Pues bueno, me importa a mí, me encabrona, me fastidia. Sobre todo porque no está nada fácil saber quién lo hizo.

—¿Debo decirte que eres como Robin Hood?

—¡Muy gracioso! Ya no pienso soltar ni una palabra más. Hablemos de los chicos. ¿Los has visto hoy?

—No, sólo hemos hablado por teléfono. Hugo y Teo se han pasado el rato acusándose el uno al otro por una pendencia que no he entendido muy bien. Al final lo único que oía era los mamporros que se daban. Por supuesto, he colgado.

—¿Y Marina?

—Andaba muy enfadada hoy. Su madre no la había dejado ir a una fiesta de cumpleaños.

—¿Y qué le has dicho?

—Adiós. Una vez me ha contado sus quejas, se ha negado a decir nada más.

—¡Joder, quizá hablar de putas muertas sea mejor!

—Eso mismo pienso yo.

Nos preparamos una ensalada de pollo y empezamos a cenar. El silencio que guardábamos empezó a pesarme.

—Si no charlamos sobre putas ni sobre niños parece que se nos acaba la conversación —dije.

—La experiencia me indica que, según el caso que estés investigando, hay que acercarse a ti de modo diferente. Y el de hoy me tiene despistado.

—No hagas que me sienta como una monstrua. Centremos hoy en ti el acercamiento. ¿Qué tal te ha ido en el trabajo?

—Petra, por favor, tu estado de ánimo es preferente. Al fin y al cabo, tú te mueves entre asesinatos, y una muerte influye más en el espíritu que la simple construcción de una casa. El ánimo del arquitecto suele ser más estable.

—Eres muy comprensivo conmigo, casi me ofendes.

—¿Te ofendo? Ahora sí que no te entiendo.

—Pues es muy simple: hablemos ahora de lo que hablemos, siempre parecerá que ha sido un tema escogido para que yo me sienta bien.

Se echó a reír, lo cual es importante: si tu pareja no te hace reír o tú no logras que ella ría, más vale formar un trío o poner punto final. Es cierto que al inicio de mi matrimonio con Marcos había jurado que nunca comentaría con él los casos que llevara entre manos. Sin embargo, había roto mis votos más de una vez y aquella noche me apetecía desahogarme. Quizá una pequeña explicación me ayudaría a sobrellevar el peso que sentía sobre los hombros.

—Estoy llevando un caso que puede llegar a ser muy complicado, pero la víctima parece alguien débil y sin la menor importancia social.

—Esos son los casos que te afectan más.

—Tú sabes bien que no pretendo jugar a ser una santa, pero es verdad que los débiles son mi debilidad, y esa vieja prostituta... Nadie ha reclamado su cadáver, nadie la conoce, ni siquiera tenía amigas de profesión.

—¿Cómo sabéis que era una prostituta?

—Llevaba el uniforme oficial: ropa barata y provocativa, ojos repintados, taconazos...

Asintió varias veces con la cabeza, miró al suelo pensativamente.

—Petra, ¿te has planteado alguna vez dejar de

trabajar? Quizá te sentirías más preservada de ciertas cosas.

—Demasiado tarde. Ya he visto esas cosas, y sé que, aunque no las tuviera delante, seguirían sucediendo. Al menos así tengo la sensación de que hago algo, aunque a veces deba reconocer mi inutilidad.

—No digas eso. Eres una buena policía, y estoy seguro de que quien se haya cargado a esa mujer pagará por su crimen.

—Puedes estar seguro, Marcos, caerá y pagará.

—Eso está mejor.

Ahí acabó el tema. Mejor así, porque ni él estaba convencido de lo que decía ni yo tenía la seguridad en mí misma que acababa de exhibir. De modo que finalizamos la cena charlando de otras cosas y tras un rato de lectura nos fuimos a dormir.

A la mañana siguiente me recibió el subinspector Garzón con una andanada directa:

—¡Joder, Petra! Tenemos a Yolanda y Sonia muertecitas de cansancio después de haber pasado la noche entera de tugurio en tugurio. ¿Y sabe qué han averiguado? ¡Nada de nada! Nadie ha visto nunca a esa mujer. Ha salido del limbo, se ha materializado desde el vacío. Este caso pinta mal, inspectora, muy mal. Si no hay chulo ni puta que reconozca a la víctima, ya me dirá por dónde vamos a tirar.

—Tenemos la tarjeta de metro. Si visitó algún museo, quizá alguien pueda identificarla.

—Sí, en eso estaba pensando yo. ¿Desde cuándo

una prostituta compra un abono de transporte que le permita visitar museos y atracciones de la ciudad?

—Sería una prostituta recién llegada de fuera con ansias culturales. O quizá el turista es el asesino y perdió la tarjeta.

—Es raro que perdiera la tarjeta.

—No tanto. Imagínese que salen de la cama, se visten apresuradamente, y ella pisa la tarjeta caída en el suelo accidentalmente, que se adhiere a la planta del pie. Luego se pone las medias, se calza el zapato y ahí queda el cartón bien oculto. Es factible.

—Es factible pero raro.

—En cualquier caso, esa tarjeta nos indica que hay un turista metido en el ajo.

—Que no tiene por qué ser necesariamente el asesino.

—Sería extraño que no lo fuera. Es el último que se acostó con ella, porque si esa mujer hubiera realizado algún otro «servicio» con algún cliente más, la tarjeta se hubiera caído de su pie al desvestirse de nuevo. No, la cosa fue así: se acuesta con el turista, se visten y ella pisa la tarjeta que se ha caído de los pantalones del hombre, se pone las medias y allí queda oculta la prueba. Salen de donde quiera que estuvieran y discuten por alguna razón. El turista se enfurece y la mata. Coge su coche y la tira a una cuneta después de haberla lavado.

—¿Y la tarjeta no se cayó de su pie cuando lavó el cadáver?

—Quizá no le quitó las medias.

—Cogido con alfileres, Petra.

—Ya lo sé, subinspector. ¿Se cree que soy tonta?

Nos pusimos a meditar cada uno por nuestro lado, aunque el fondo de las meditaciones debía de ser el mismo: ¿dónde estaba la grieta por la que meter la palanca que abría el misterio? Debía existir alguna, siempre la hay. De repente, desperté de tanto pensamiento y me vi paralizada frente al subinspector.

—¿Se puede saber qué coño hacemos aquí?

—Pensar, inspectora, pensar.

—¿Y desde cuándo la práctica policial consiste en pensar?

—¡Hombre, Petra, un buen policía...!

—Un buen policía es un hombre de acción. Si los policías tuviéramos que pensar, seríamos filósofos.

—¿Y qué acción quiere que emprendamos?

—¿Qué pruebas tenemos?

—La puñetera tarjeta de transporte, nada más.

—Pues empezaremos por ahí. Visitaremos todos los museos en los que ella o él o ambos han estado.

—Me cuesta creer que una prostituta vaya de museos, y mucho más que vaya con su cliente, cogiditos de la mano los dos.

—Puestos a eso, a mí me cuesta creer que un tipo que contrata los servicios de una prostituta visite ni un solo museo; pero la naturaleza humana es extraña, Garzón, a Franco le gustaba Charlot, y a Hitler, los perros. No estamos en condiciones de descartar nada. Diga a las chicas que comparezcan.

—Pero, inspectora, acabaron la jornada anterior a las cuatro de la mañana, deben de estar destrozadas.

—Lo soportaré.

—¿Qué es lo que soportará?

—Aguantar el trabajo, sin duda imperfecto, de dos jóvenes policías soñolientas.

—Es usted una explotadora sin piedad.

—Son jóvenes, Garzón, y ese es un pecado que deben expiar.

Dos horas después estábamos los cuatro reunidos de urgencia en mi despacho. Las chicas mostraban ojeras pronunciadas y caras de cansancio, pero no se les ocurrió abrir la boca para protestar.

—Veamos... —comencé la sesión—. Aquí tenemos la lista de museos que ofrecen descuentos o gratuidad a los portantes de la tarjeta. Haremos dos equipos. Se trata de visitarlos y enseñar la foto de la víctima para ver si alguien del personal de entrada la reconoce. Empezaremos por los lugares que nos parezcan más probables.

Tomé la lista y leí:

—Monasterio de Pedralbes.

—Poco probable. No me imagino a esos tipos visitando monasterios —dijo Garzón.

—De acuerdo, no hay inconveniente. Lo dejamos a la cola. Mirador de Colón —proseguí.

—Ese póngalo el primero. A toda la gente le gusta subirse a lo más alto para sentirse superior.

—Muy bien apuntado, Yolanda. Iréis Sonia y tú en primer lugar.

—¿Podemos ir también al Museo del Chocolate? Es que tengo curiosidad —atacó sin vergüenza ninguna la inefable Sonia.

—Está bien. Museo del Chocolate en el número dos. Torre de Collserola.

—¿Más alturas? Debía de tener complejo de pájaro —comentó el subinspector.

—Sería una puta de altos vuelos —rio Yolanda.

—Número tres. Museo de Ciencias Naturales.

Hubo un momento de dubitación. A nadie se le ocurría ninguna chorrada que decir. Por fin se arrancó mi compañero:

—A ese iremos nosotros si le parece bien. A lo mejor quería perfeccionar el salto del tigre.

Las dos chicas rieron mientras yo le dirigía una mirada lacerante al subinspector. Continué:

—Museo Marés.

—¿Y eso qué demonio es, inspectora? —preguntó Yolanda.

—Estuve una vez —respondí—. Es la casa particular de un rico burgués catalán del siglo pasado. Está lleno de tallas románicas y góticas de pequeñas iglesias castellanas. Supongo que se las compraba a los curas rurales a golpe de talonario. El tío esquilmó medio patrimonio nacional.

—¡Pues vaya morro!, ¿no? ¿Y no se puede hacer nada contra él? —exclamó Sonia llena de santa indignación.

—Lo dejaremos para la siguiente investigación, ¿de acuerdo, Sonia? El próximo día les organizamos una redada a los herederos —contesté de mala gaita provocando las risitas de los otros dos—. Ahí iremos nosotros. Id vosotras dos al jardín botánico.

—Sí, a las putas les encantan los floripondios —comentó Garzón.

—Nosotros iremos al Museo del Modernismo Catalán. Vosotras al de Historia de la Ciudad, que está en la plaza del Rei, y... ¿qué queda? ¡Ah, el Museo Picasso! Ese es el más improbable de todos.

—¡Pues anda que el de Historia...! No me cuadra tanto interés por la cultura de una profesional o su cliente —lanzó al aire Yolanda.

—El usuario de la tarjeta visitó todos esos museos.

—Sí, el tipo quería inspirarse para que el polvo le saliera artístico —rio Garzón, secundado por las chicas.

Que todo aquello propiciara tal cantidad de bromas y rechiflas sólo tenía una explicación: la absoluta falta de fe de mi equipo en la pista que nos disponíamos a seguir. Lo cierto es que yo tampoco confiaba demasiado en mis propios planes, hasta tal punto que no me atreví a echarles la bronca por tanto chiste fácil.

—De acuerdo, señores. ¿Empezamos la exploración cultural de nuestra bella ciudad? Recuerden que en el interrogatorio a guardias de la entrada y personal de taquillas deben hacer hincapié en que la mujer quizá iba acompañando a un caballero.

—¡Menudo caballero debía de ser!

Fue un descanso deshacer la reunión y casi un descanso dirigirnos a los primeros museos. Lucía el sol, y mezclarnos con los turistas me pareció un ejercicio beneficioso, un baño de normalidad. Los visitantes de museos suelen ser gente pacífica y conformada, que van a ver ordenadamente lo que tantos han visto con anterioridad. No esperan sorpresas, se dirigen hacia el saber con humildad y conciencia del deber. Mi ánimo no era ese ni mucho menos, pero me dejé arrastrar por el ambiente y ganas me dieron en algún momento de entrar y observar las maravillas clasificadas. Otra cosa era que nuestras pesquisas estuvieran sirviendo para algo. Aparte de horrorizar y escandalizar a todos los trabajadores que entrevistábamos al enseñarles la foto del cadáver, las negativas se revelaron como nuestra única cosecha.

Cuando a las seis de la tarde entramos en el Museo Picasso tenía ganas de echarme a llorar. En ningún momento se me había representado con tanta claridad que la estrategia que llevábamos a cabo era absurda. ¡Dios, el tiempo perdido por los policías formaba casi una vida completa para cualquier persona normal! Le pedí al subinspector que llamara por teléfono a Sonia y Yolanda. Lo hizo frente a mí, y cuando empezó a negar con la cabeza, comprendí que tampoco habían hallado nada digno de mención. Aun así, explotando el último cartucho, pregunté:

—¿Nada?

—Lo único que han sacado en claro es la caja de bombones que Sonia ha comprado a muy buen precio en el Museo del Chocolate.

—¡Joder! —musité—. Mejor nos vamos a casa, subinspector.

—¿Y el Monasterio de Pedralbes? No lo ha asignado usted a ninguno de los equipos.

—Es verdad. Eso es lo que se gana con las reuniones. Todos en el mundo del trabajo están obsesionados con las reuniones, si no convocas reuniones parece que no te tomes las cosas en serio; y luego

¿qué ocurre? Pues que en las reuniones todo se disemina, cada uno dice la suya, se frivoliza, y muchas veces te olvidas de lo mejor.

—¿Y usted cree que el Monasterio de Pedralbes es lo mejor?

—Sinceramente, no, subinspector. Mucho me temo que será también una gestión inútil. Hasta yo me siento inútil en estos momentos.

—No decaiga, inspectora. Con el ánimo por los suelos no se atrapan asesinos. Le diré lo que vamos a hacer. Ahora ya es tarde y el monasterio estará cerrado, pero mañana por la mañana nos largamos para allá antes de ir a comisaría. Llegamos, preguntamos, y si no nos dicen nada, malo será que no vendan algo rico que hagan las religiosas: mantecadas, huesos de santo, yemas de Santa Teresa, tetillas de monja... Un buen desayuno no nos faltará.

Lo miré con gratitud porque nadie como él sabe cuándo es imprescindible hacerme reír. Asentí:

—Muy bien, Fermín, muy bien: pastelillos de gloria y pan de hostia, algo caerá.

Llegué a casa deprimida y cansada. Allí estaban mis hijastros.

—Hoy nos toca cenar y dormir aquí —informó innecesariamente Marina—. Papá ha llamado diciendo que ya viene.

Lista como un aguilucho, enseguida se dio cuenta de que yo estaba fatal.

—¿Te pasa algo, Petra?

—Estoy muy cansada, eso es todo.

—Si quieres te preparo un whiskito. Eso es lo que hace papá cuando estás en baja forma.

Era horroroso darse cuenta de que los niños se enteran de todo y todo lo saben. No puedo acostumbrarme, siempre tengo la impresión de que una lupa agranda mi figura frente a ellos y me siento observada hasta la médula de los huesos.

—No, será mejor que me tome un té. ¿Dónde están tus hermanos?

—Jugando una partida de no sé qué en el ordenador. ¡Y ni siquiera han acabado los deberes!

—No seas chivata, Marina, hasta los malhechores detestan a los chivatos.

Bajó la cabeza y desapareció sin contestar. Me interné en la cocina esperando que no reapareciera hasta después de que hubiera acabado con el whisky que, en efecto, necesitaba con urgencia. Me serví un dedito y lo apuré. Un calorcillo tranquilizador me subió a las mejillas. No suelo arrastrar los problemas del servicio hasta casa, pero aquella historia de la prostituta asesinada era bastante especial. Cuando matan a una mujer que nadie reclama y que forma parte del mundo de los desheredados, la presión mediática o social no existe en la investigación. Y sin embargo, me sentía culpable, pillada en falta, acribillada por los remordimientos. Nosotros visitábamos museos mientras un maldito turista cabrón se había divertido quitándole la vida a una desgraciada. Quizá ya estaba fuera de España, probablemente había regresado a su país y se disponía a olvidar lo sucedido. Pero ¿se trataba de un turista en realidad?, ¿aquella tarjeta de transporte no era un hallazgo casual que nada tenía que ver con el meollo del crimen? Las manos vacías de pruebas concluyentes, ese era nuestro estado actual, y el tiempo transcurría, alejándonos de cualquier resolución.

—¡Petra!, creía que no habías llegado.

—¡Marcos, por Dios, vaya susto me has dado!

—¿En qué estabas pensando? Llevo más de diez minutos en casa, he hecho ruido, he ido a ver a los chicos...

—Andaba en mis cosas, no te he oído.

—Por cierto, ¿qué diantres le pasa a Marina? Está llorando en su habitación y cuando le he preguntado por qué, no quiere contestar, sólo repite que ella no es una chivata. ¿Se ha peleado con sus hermanos?

—¡Dios, lo que faltaba! Déjame un momento a solas con ella, por favor.

Corrí en busca de la doliente y, sí, allí estaba, sentada sobre su cama llorando a todo llorar.

—¡Marina!, ¿se puede saber a qué vienen tantas lágrimas?

—¡No quiero ser una chivata! —aulló.

—¡Por todos los demonios, ¿quién dice que seas una chivata?!

—¡Tú, tú me lo has dicho!

Su desconsuelo era mayúsculo, y yo, de la manera más tonta, me había puesto delante de otro toro difícil de lidiar.

—Vamos a ver, Marina. Deja de llorar y escúchame.

Se limitó a bajar la intensidad del llanto. Fijó los ojos en el suelo, colocó ambas manos en el regazo.

Aquella postura la convertía en el espectáculo más triste del mundo.

—Siempre has sido una chica valiente: no tienes miedo a ninguna situación, te gusta ir sola caminando al cole, no crees en fantasmas, ni siquiera les temes a Hugo y Teo, que ya es decir... Entonces, ¿por qué alguien tan fuerte como tú se viene abajo cuando le dan un consejo?

—Tú no me has dado un consejo, me has dicho muy claro que no fuera chivata.

—Bueno, era una manera de hablar, quizá desafortunada. Hubiera debido decirte: sólo hay que acusar a los demás de hacer o no hacer algo cuando la cosa es grave. De lo contrario, mejor callar y así asegurarse su silencio cuando sea yo la que esté en falta.

Oírme a mí misma desvelándole a mi hijastra los secretos de la *omertà* mafiosa me hizo sentir un escalofrío. La niña, sin embargo, empezó a sorberse los mocos como si fuera a poner punto final a su ejercicio de plañidera.

—¿Comprendes a qué me refiero?

—Sí —musitó contrita.

—Además, en cualquier caso, no es para que te pongas hecha una Magdalena. A veces las palabras escuecen...

—Y lo que escuece, cura, eso ya me lo sé.

—Pues venga, lávate la cara y ayúdame a preparar la cena. Quiero hacer una tortilla tan grande como el sol.

—¿Podré pelar yo las patatas con aquel cacharro de pelar patatas?

—Trato hecho. Es hora de ponerse a la labor.

Hicimos la tortilla, cortamos la lechuga para la ensalada y exprimimos naranjas como postre. También guardamos silencio ante los demás sobre por qué en sus ojos se notaba que había llorado. Había que predicar con el ejemplo. Luego, en la cena, las discusiones de los chicos, los cabreos consiguientes de Marcos y un vaso de agua que Marina accidentalmente derramó infundieron a la velada auténtico calor de hogar. Casi me olvidé de que, en su cajón de la morgue, sólo el frío impedía que se pudriera aquella repintada y patética mujer.

A la mañana siguiente, Garzón me esperaba frente al Monasterio de Pedralbes envuelto en un abrigo hasta los ojos.

—Hace un frío de cojones, inspectora.

—Ni la visión de los lugares sagrados hace mella en su soez vocabulario, Fermín.

Se rio como un brujo frente a un conjuro y sin más dilaciones echamos a andar hacia las taquillas.

—Vivir en un convento debe de ser espantoso —aventuró mi compañero.

—Tengo mis dudas, créame. Hacer todos los días lo mismo debe de dar mucha paz.

—Quite, quite. El frío, las oraciones, comida de fonda al mediodía y para cenar, ¡y sin una cervecita de vez en cuando!, que eso es lo peor.

Una taquillera joven nos sonrió, y dimos comienzo al protocolo habitual: identificarnos como policías, preguntar cuántas personas atendían la taquilla y enseñar la fotografía de la víctima. Ella reaccionó también del modo habitual: mostró sorpresa, espanto y por último, concentración e interés.

—El turno de mañana lo hago yo, por la tarde está mi compañera. Pero como en esta época del año hay pocos visitantes, a lo mejor sí que nos acordamos de esa señora.

Miró la foto, la remiró, la tomó entre sus manos, le dio la vuelta, frunciendo el ceño le clavó la vista y, al final, balbució:

—Sí, bueno, sí que me acuerdo de ella. Sólo que... no quisiera equivocarme, como en esta foto la pobre ya no tiene expresión...

—Tómese todo el tiempo que quiera, piénselo bien —la instruyó el subinspector.

Ella siguió escrutando la foto, asintió varias veces y dijo por fin:

—Seguro que es ella, ahora me acuerdo muy bien. Era un matrimonio francés, de cierta edad como ya se ve. La señora, simpatiquísima, hablaba un español muy correcto. Me preguntó muchas cosas: si las monjas vivían aquí, si había monjas jóvenes en el convento..., hasta cómo me llamaba me preguntó. Luego, cuando acabaron la visita, se acercó hasta la taquilla para decirme adiós y darme la mano.

—¿Dice que estaba acompañada por un hombre?

—Sí, pero de él me acuerdo menos porque no habló.

Las miradas que nos lanzábamos Garzón y yo iban ganando en intensidad. De pronto, como si aquella chica quisiera ahogarnos el gozo incipiente, puso un pero.

—Pero... pero hay una cosa, verán..., es algo que me ha hecho dudar. La señora francesa que les digo no tenía esta pinta.

—¿Cómo, qué quiere decir?

—Pues que no iba teñida de rubio platino, ni pintarrajeada como en la foto. Tampoco llevaba una blusa de leopardo. No sé, era una señora muy normal, con el cabello bien arreglado y de color castaño, una blusita blanca, un abrigo gris, gafas de montura de pasta... Como podría ser mi madre, para entendernos. Los dos eran el típico matrimonio de jubilados ni ricos ni elegantes. Gente humilde que viene de turista, muchas veces en grupo, aunque estos iban solos.

—¿Está completamente segura de que era la misma mujer? —la insté a responder.

—Si quisiera ser prudente, le diría que no puedo estar segura al cien por cien; pero la verdad es que soy muy fisonomista y no se me despinta una cara con sólo verla una vez; así que le diré que sí, esta es la señora francesa, sólo que... con un aspecto distinto, como si se hubiera disfrazado.

—Si tuviera que decir de qué va disfrazada...

Se azoró un poco, sonrió y su rostro se cubrió de rubor para decir:

—De mala mujer. Va disfrazada de mala mujer.

—¿A qué hora acaba su turno de trabajo? —preguntó mi subalterno.

—A las tres.

—Vendremos a recogerla para ir al depósito de cadáveres. Tendrá que hacer allí la identificación.

En este punto, muchos de los testigos que se han mostrado férreos en sus primeras impresiones suelen empezar a introducir alguna que otra vacilación. Aquella taquillera no. Aceptó de buen grado el deber que acabábamos de imponerle.

A las tres en punto estábamos de nuevo en el monasterio, y un rato después se abría para nosotros el cajón de la muerte. La chica se quedó mirando a la víctima sin parpadear.

—Sí, es ella —afirmó con decisión—. La señora francesa que yo vi.

—¿Está segura?

—Completamente.

Salimos al frío solecillo del invierno.

—¿Ha comido? —le pregunté a la taquillera ante la sorpresa de Garzón.

—No. Pensé en comer un bocadillo al final del turno, pero como sabía que iba a ver a una asesinada... pues no sé..., no quería que se me revolviera el estómago; aunque tengo que decirles que no me ha impresionado nada.

—La comprendo muy bien. Necesitamos que coopere un rato con nosotros en comisaría.

—Tendré que avisar a mi novio para que no se alarme.

—Dígale que llegará algo tarde por cuestiones del trabajo. Si le da explicaciones puede ser largo y no hay tiempo que perder. Luego ya se lo contará.

Aquella candidata a testigo ideal accedió con soltura y llamó brevemente a su novio. Unos minutos después, en mi despacho habíamos organizado un pícnic en toda regla: refrescos, bocadillos de jamón, ensaladilla rusa y un termo lleno de café, todo recién traído de La Jarra de Oro. Mientras comíamos con buen apetito, Garzón iba cortando los flecos del primer interrogatorio. Le pidió que nos hablara del acompañante de la víctima.

—Bueno, era un hombre normal, mayor, poco atractivo, tímido. Hasta parecía que le molestaba que su esposa estuviera tan comunicativa conmigo.

—¿Intentó que ella no se comunicara con usted?

—No, pero la tomaba del brazo y la empujaba un poquito, como si quisiera cortar la conversación. Aunque eso es muy normal, en las parejas donde uno es muy hablador con la gente, el otro suele ser menos sociable.

Muy perspicaz aquella muchacha, muy lista, muy equilibrada; tuve tentaciones de preguntarle si no quería hacerse policía. Sus últimos comentarios me reafirmaron en el impulso:

—La verdad es que si no fuera porque hay una señora asesinada, les diría que lo estoy pasando muy bien. No se imaginan lo aburrido que es vender entradas en un museo. Por eso me fijo tanto en las personas que vienen a comprarlas, es el único entretenimiento que tengo.

—Lo que haremos ahora la divertirá mucho más. Por supuesto usted sabe lo que es un retrato robot.

—Lo he visto en las películas.

—El sistema que llevaremos a cabo hoy es ligeramente diferente. Tenemos la fotografía de la víctima, disfrazada de mala mujer, utilizando su propia frase. Nuestro especialista la introducirá en el ordenador e irá realizando los cambios físicos que usted le vaya indicando. Lo que queremos es devolverle a esa señora el aspecto original con el que usted la conoció. ¿Me entiende...? —al ir a buscar su nombre me di cuenta de que, insólitamente, aún no me lo había dicho.

—Me llamo Vera, Vera Fernández.

—¿Ha entendido lo que queremos de usted, Vera?

—Pues claro.

—Vaya a avisar a Velázquez, subinspector.

Mientras Garzón cumplía mis órdenes, la chica se animó a preguntar:

—¿De verdad el experto se llama Velázquez?

—No, le llamamos así por su maña con la pintura. Entre colegas de la misma comisaría la costumbre es ponerse motes diversos.

—¿Usted tiene alguno?

—Sí, el Ángel —mentí.

—Porque es usted buena persona.

—Algo parecido.

Asombrada por mi propia desfachatez, oí cómo nos avisaban para ir a los dominios de Velázquez, y el asombro siguió siendo mi estado de ánimo cuando comprobé hasta qué punto testigo y experto formaron enseguida un equipo perfecto. Ella iba dándole detalles e indicaciones precisas, y él, guiado con tanta seguridad, ejecutaba los cambios sobre la imagen con mano certera.

—No, las ondas del pelo no le caían tanto en la cara. Sí, los labios los llevaba pintados, pero de rosa y muy poco marcados.

Media hora después, aquella prostituta tirada y prototípica se había convertido en un ama de casa vulgar y corriente. El inspector Ercilla, alias Velázquez, me preguntó:

—¿Le abro los ojos, Petra, o la dejamos durmiendo el sueño eterno?

—Intentadlo, si la testigo se ve capaz...

Se vio capaz, y pergeñó para el diseñador una mirada un tanto ausente, casi enloquecida, que se mitigó un tanto al ponerle gafas de concha. Mirando el resultado final, pregunté:

—¿Es esta la mujer francesa que usted vio?

Ella afirmó categóricamente:

—Sí, esta es.

—Hazme varias copias, Velázquez. Y ahora vamos con el retrato de él.

Siguieron trabajando a dúo una vez más, aunque esta vez la chica estaba menos segura sobre los rasgos del varón. Aun así, al cabo de una hora nuestro compañero había concluido un retrato robot bastante característico: un hombre de unos setenta años, fuerte, robusto, de cuello ancho y ojos un tanto despiadados.

—Creo que es muy parecido al hombre que yo vi; aunque al natural no tenía tanta cara de asesino.

Velázquez se echó a reír.

—Debe de ser culpa mía. De tanto pintar sospechosos he acabado por dibujar a todo el mundo con pinta patibularia.

Me volví hacia la testigo.

—Lo que voy a preguntarle no tiene mucho sentido, pero, según su punto de vista, ¿en qué categoría de hotel le parece que estos señores estarían alojados? Como ve, no le pido más que su opinión.

—Yo no soy una experta en turismo, inspectora;

pero este tipo de matrimonios mayores suele alojarse en hoteles modestos del barrio antiguo.

—¿Qué le hace pensar que ambos formaban un matrimonio?

—No sé, inspectora; son cosas que se notan un montón. Se notaba que aquel hombre y aquella mujer llevaban mucho tiempo juntos. ¿Usted no se da cuenta cuando ve a un matrimonio de años? Es como si estuvieran un poco aburridos el uno del otro.

—Es posible. Una última cosa: ¿no ha pensado nunca en estudiar para policía? Es usted segura de sí misma y perspicaz; podría hacer carrera en el Cuerpo.

Se quedó ligeramente patidifusa, enrojeció y por fin soltó una carcajada.

—Mi padre es guardia municipal. Un día me dijo que ingresar en las fuerzas del orden, en cualquiera de ellas, era cosa de locos: jornal bajo y mucha responsabilidad, aparte de los peligros.

—Su padre tiene más razón que un santo —le soltó el subinspector.

—Pero si uno tiene cualidades para un trabajo... Aunque desde luego hay que sentir vocación —apunté.

—Yo estudio en horario nocturno, inspectora. Ya estoy en segundo curso de Relaciones Públicas y Publicidad. Lo de vender entradas en el monasterio es algo temporal, sólo para ganar dinero.

Le sonreí.

—Cuando se es bueno para algo, se es bueno para cualquier cosa. Le deseo mucha suerte.

Solos Garzón y yo, enseguida noté su mirada irónica fija en mí:

—Usted haciéndole proselitismo del Cuerpo a esta chica, y ella loca por ser anunciante de Coca-Cola.

—Peco de ingenuidad.

—¡Ni que lo jure! A ver qué joven tiene ganas de andar persiguiendo delincuentes cargado con el pistolón. Nada de eso, inspectora, ahora todos quieren emplearse en algo glamuroso y que les deje una pasta a fin de mes. Lo de ser policía es de locos.

—¿Locos románticos?

—Locos en general.

Sonreí melancólicamente. Lo que decía Garzón era verdad, esta profesión dejaría muy pronto de ser vocacional y el colectivo de policías pasaría a ser un grupo de gente que no había encontrado un trabajo mejor. Atrás quedaríamos los empecinados que considerábamos nuestra labor como una especie de arte con derivaciones hacia el bien común.

—Y entonces, inspectora, ¿qué hacemos ahora?

—Cazar, subinspector, cazar. Llame a Sonia y Yolanda, que peinen los hoteles humildes del Raval llevando los dos retratos. Usted vaya a todas las agencias de alquiler de coches con la foto del tipo. Yo voy a contactar con la policía francesa, quizá esa mujer está en la lista de personas desaparecidas.

—¿Se encuentra mal, Petra?

—No, estoy bien. Nos vemos luego, subinspector.

No estaba segura de si le había mentido o no diciéndole que me encontraba en condiciones. Lo cierto era que un malestar permanente se había instalado en mí a medida que descubríamos más cosas sobre aquel caso. Sí, dábamos pasos en la investigación, pero era como si cada uno de ellos llevara en una dirección diferente. La prostituta de baja estofa se convertía de pronto en una amable señora francesa llena de respetabilidad, y el turista asesino pasaba a ser su marido de toda la vida. ¿Quién era la mujer que reposaba en el frío del depósito, ejercía la prostitución en sus ratos libres, tenía una doble personalidad?

Tras hacer los contactos policiales con Francia me quedé sola en mi despacho e intenté escribir el informe para el juez. Mi relato no tenía sentido. ¿La muerta era prostituta, ama de casa feliz? Quizá era el momento de retroceder hasta lo único tangible que teníamos: un cadáver. Cogí la rectificación del rostro de la muerta que había hecho nuestro experto y me dirigí al depósito.

La responsable de la sala me abrió el cajón en el que reposaba «la mala mujer». Le pedí que fuera a buscar al doctor y, cuando estuve sola con la muerta, comparé su rostro impasible con el retrato rectificado. Habían lavado el cuerpo, con lo que aquel maquillaje que recordaba, burdamente aplicado, había abandonado sus rasgos. Quedaban igual las uñas, pintadas con tosquedad, y el pelo, peinado sin forma alguna y de aquel terrible color artificial. Nunca la mujer del retrato, discreta y tradicional, hubiera lucido un tinte tan espantoso, ni un esmalte rojo fuego hubiera embadurnado sus uñas bien cortadas. Por no hablar de la ropa; nada tenía que ver el atuendo corriente de la imagen con aquellas prendas de leopardo salvaje que llevaba la víctima cuando la hallaron. La taquillera había dado en el clavo: aquella desgraciada iba disfrazada de prostituta. ¿Por qué? El forense me asustó al entrar:

—¿Le habla la muerta, inspectora? Dicen que los cadáveres nos cuentan su muerte, pero yo nunca he encontrado ninguno que fuera demasiado elocuente; hay que sacárselo todo con mucho esfuerzo.

—¡Doctor! Justamente pensaba que este cuerpo está diciendo cosas que no hemos sabido escuchar con la suficiente atención. —Le enseñé la copia del retrato—. Así recuerda una testigo a esta mujer.

Miró la representación con curiosidad, después se encogió de hombros, como indicando que poco añadía eso a su labor.

—Quisiera preguntarle algo: ¿qué hay de cierto en la creencia de que el cabello y las uñas siguen creciendo en un ser humano cuando este ha muerto?

El médico carraspeó. No le costó ni un segundo contestar:

—Es una creencia con fundamento real, si bien se ha exagerado a escala popular. Es cierto que el pelo y las uñas crecen un poco más después del óbito; pero no se imagine pelambreras que pueden convertirse en trenzas cuando se abre un ataúd, eso pertenece a la imaginación, a las ficciones de películas y libros. No, podríamos decir que, sobre todo en la barba de un hombre, alguien muy observador podría advertir un mínimo crecimiento capilar. Lo demás es leyenda.

—Se lo pregunto porque esta mujer iba pintada y vestida sin mucho esmero. A pesar de ello, en la raíz de su pelo no se advierte ni rastro del color que llevaba antes de haber sido convertida en rubia.

—Sin duda fue a teñirse inmediatamente antes de morir.

—¿Habría algún modo de saber si ese tinte le fue aplicado antes o después de muerta?

—No, imposible. Lo que teñimos en el pelo es la capa córnea exterior, de modo que da igual que la persona esté muerta o viva.

—¿Quiere decir que alguien pudo teñir de rubio el pelo de esta mujer cuando ya era cadáver?

—Sí, eso mismo quiero decir, en nada se notaría.

—Es una lástima que no haya certeza.

—La medicina legal no lo puede todo, inspectora. La ciencia tiene sus límites. Supongo que por eso fructificaron las religiones.

—Aun así, me ha ayudado mucho, doctor.

Garzón acogió con tibieza mi hipótesis de que aquella mujer había sido disfrazada de prostituta después de morir.

—¿Con qué objeto? —preguntó.

—Para despistar. No se busca en los mismos lugares al asesino de una puta que al de una turista.

—Bueno, aunque sirva de poco, es una hipótesis. ¡La primera que hemos formulado en este jodido caso!

—Me anima oírlo renegar, me da la impresión de que estamos en activo.

Me animó mucho más, a Garzón también, la respuesta que la policía francesa dio a nuestro requerimiento: Jeanne Girault, ciudadana francesa del departamento de Nîmes, había sido dada por desaparecida justo en las fechas en que nosotros nos hicimos cargo de investigar el asesinato. Su marido había presentado la denuncia. Al tratarse de una persona enferma de demencia senil, se pensó que habría podido sufrir un accidente en una más de las huidas de su domicilio que protagonizaba de tanto en tanto. La policía intentaba aún dar con su paradero. Su hija, funcionaria del Parlamento Europeo, viajaría inmediatamente desde Estrasburgo a Barcelona para cumplir con la identificación que le pedíamos.

Garzón sólo pudo decir «¡Bingo!» cuando se lo comuniqué, y su exclamación me pareció tan poco rigurosa que juré que no se la tendría en consideración. No, no era la suerte lo que nos había bendecido, sino la concatenación de pistas que, exprimidas a fondo como limones, soltaban poco a poco su zumo agrio. En cualquier caso, la identificación de la víctima no nos dictaría el nombre de su asesino.

Un día después, una desvaída cuarentona de aspecto parecido al de nuestro retrato robot se presentó ante nosotros hecha un manojo de nervios. La acompañaba una secretaria del consulado francés, que había ido a recogerla al aeropuerto. El protocolo era fácil de seguir: lo primero y principal, la identificación. Si en efecto aquel cuerpo era el de Jeanne Girault, entonces se produciría un cumplido interrogatorio.

Y se produjo, porque la hija de la víctima reconoció a su madre entre hipidos de dolor. Estaba sinceramente apenada y, aparte de eso, absolutamente desconcertada. ¿Qué demonio hacía su madre muerta en Barcelona? Y aunque hubiera estado viva, ¿cómo demonio había llegado hasta allí? Le pedí a la empleada del consulado que sirviera de intérprete para Garzón.

—¿Usted no sabía que había viajado a España?

—En ningún caso. Mi padre me avisó de que había desaparecido, de que había dado parte a la policía, estábamos en contacto diariamente por teléfono, pero aparecer en Barcelona... Los dos nos preguntamos cómo llegó hasta aquí.

—¿La policía francesa no hizo ninguna hipótesis?

—Lo cierto es que no lo sé; aunque supongo que no, me lo hubiera contado mi padre.

—Su madre estaba enferma, ¿no es cierto?

—Padecía demencia senil.

—En ese caso parece poco probable que fuera capaz de tomar un tren o un avión para llegar hasta esta ciudad.

—Sí, no es fácil de explicar...

Tomé el retrato robot del hombre y se lo mostré:

—¿Ha visto usted alguna vez a este hombre?

No sólo le cambió la expresión de la cara, sino también el color de la piel. Era fácil de advertir cómo empezó a costarle respirar con normalidad. Tardó bastante en responder. Se echó a reír nerviosamente:

—Bueno, en fin, esto es absurdo. Tendrán ustedes que explicarme qué pasa aquí.

—No la entiendo.

—Ese hombre..., bueno, lo cierto es que recuerda mucho al rostro de mi padre, con algunas diferencias, claro está.

—Este hombre acompañó a su madre durante su estancia en Barcelona. Utilizaron el transporte público y visitaron museos y centros turísticos. Iban juntos, alguien los definió como una pareja de turistas franceses.

—¿Quién?

—Eso da igual. ¿No le ha sorprendido que su madre llevara el pelo teñido de rubio al verla hace un momento?

—Veamos, inspectora, estoy muy afectada, estoy traumatizada, compréndalo. Por supuesto que he advertido su pelo de otro color, pero casi no podía hablar cuando la he visto, pensaba preguntarle por ese cambio después.

—Comprendo —musité.

Tomé la fotografía de la víctima tal y como fue hallada. Se la enseñé. Estuvo un buen rato observándola, con la boca abierta por el asombro.

—Pero ¿de qué va disfrazada mi madre?

—De prostituta barata —dije con toda calma.

No sabía cómo reaccionar ni qué decir. Se movió incómoda en su asiento y me miró:

—Sigo sin comprender nada.

—¿Dónde estaba su padre cuando su madre desapareció?

—En su casa de campo, como siempre.

—¿Dónde estaba usted?

—En Estrasburgo, trabajando.

—Entonces no puede estar segura de que sus padres estuvieran en su casa.

—Inspectora..., yo... no sé a dónde quiere ir a parar con sus preguntas.

—¿Quién cuidaba de su madre?

—Mi padre.

—Debía de ser un trabajo penoso para él.

—La demencia senil es una enfermedad terrible, pero mi padre estaba muy enamorado de ella y lo llevaba bien.

—No me cabe duda, pero aun existiendo cariño, hay veces en que la persona que hace de cuidador no puede soportar por más tiempo una situación tan agotadora, especialmente si se trata de personas de cierta edad.

—¿Está sugiriendo que mi padre, harto ya, envió a mi madre para que hiciera de puta barata a Barcelona?

—No, no es eso lo que estoy sugiriendo. En realidad no sugiero nada. Puede marcharse. ¿Ya ha cogido usted un hotel?

—Pensaba regresar esta misma noche a Estrasburgo.

—Lo siento de verdad, pero tendrá que permanecer un par de días aquí. Tiene que atender a varias formalidades: declarar ante el juez, firmar varios documentos...

—¿Un par de días? Tengo un trabajo importante que no puedo desatender.

—Creí que volaría usted a Nîmes para estar con su padre, supongo que estará consternado al saber el desenlace de la desaparición de su esposa.

—Pensaba pasar con él el fin de semana, inspectora. Ahora, si no tiene ninguna obligación filial más que recordarme, iré a buscar un hotel.

Salió, visiblemente alterada, aunque creo que la

representante del consulado lo estaba más aún. La siguió, diciéndonos adiós con azoramiento. Garzón y yo nos sonreímos.

—Voy a hablar con mi homólogo francés —anuncié—. Le pediré que le haga una rápida visita al señor Girault.

—Se desmoronará enseguida y cantará. Entonces el punto clave estará en...

—Sí, lo sé. Le diré al inspector francés que intervenga el teléfono, y que nada de detener al viejo todavía, que lo deje un día libre en su hogar.

—No habrá peligro de fuga, ¿verdad?

—Vigilarán la casa por si acaso, pero lo dudo.

Los datos nos llegaron desde Francia casi doce horas después, pero eran contundentes y decisivos: el señor Girault había cantado al ejercer sobre él una moderada presión policial. Las motivaciones de su crimen eran simples: no podía soportar por más tiempo el deterioro físico y moral de su mujer. El plan para llevarlo a cabo se revelaba mucho más complejo: viajó con ella hasta Barcelona en su propio coche, alquiló un apartamento por una semana en la que hizo turismo con su esposa como una concesión final, una especie de aceptación de «últimas voluntades», porque cuando estaba sana a «la pobre» le encantaba viajar. Pasado ese tiempo se la cargó en el apartamento, le tiñó el pelo, le pintó uñas, labios y ojos, la vistió con ropa llamativa, la subió al coche, arrastrándola un poco como si se encontrara mal, en plena oscuridad, por supuesto, y la tiró a la cuneta en la zona de montaña. Después regresó y limpió a conciencia la sangre del apartamento.

Y tema concluido, ya podía volver a su casa en Francia con toda tranquilidad. Un día después avisó a la policía de que su esposa había desaparecido. El plan era bueno: su domicilio está en el campo y nadie los echaría en falta durante una semana. En cuanto al cadáver, ¿cómo relacionar a una vieja prostituta de Barcelona con una señora francesa desaparecida que vive cerca de Nîmes?

—Es un eurocrimen, Garzón. El viejo aprovechó las ventajas de la falta de fronteras; sólo la cagó por esa maldita tarjeta turística pegada al pie de la muerta.

—No puede ser, inspectora. Un hombre de casi ochenta años no puede haber hecho todas esas cosas solo.

—¡Ese es el punto! Yo voy más allá: un hombre que se desmorona con facilidad en un interrogatorio no puede haber urdido un plan tan frío y despiadado.

—Entonces tenemos una cita con Martine Girault. ¿Qué ha hecho desde ayer?

—Según Yolanda y Sandra, no ha salido del hotel. Tampoco ha hecho llamadas.

—Es muy lista. Desde que nuestros compañeros franceses dejaron solo a su papá, este la ha llamado al móvil unas cincuenta veces. No le ha contestado ni una. Sabe que tenemos intervenidos los teléfonos, y el padre no usa internet.

—En tal caso no sabe que su padre ha cantado. Aprovechemos esa ventaja, Garzón.

—Sí, pero mientras tanto hable con los franceses para que detengan ya al viejo y que sigan dándole caña, a lo mejor acaba por confesar que su hija fue la urdidora. Sólo faltaría que ahora se nos largara a hacer turismo a otra parte.

—No creo que se mueva sin el consentimiento de la hija. ¡Si pudiera interrogar yo misma a ese hombre!

—Bueno, tiene a su homónimo francés; explíquele qué quiere que haga.

—¡Y yo qué sé cómo demonio es mi homólogo francés! Puede tratarse de un formalista, de un legalista lleno de escrúpulos.

—Sí, lleva razón, a lo mejor no es capaz de hacer guarradas como nosotros.

—¡Hombre, subinspector!, con eso de las guarradas se ha pasado usted un poco.

—Pues no sé cómo se puede decir.

—Diga usted que quizá mi homólogo carece de la creatividad necesaria para llevar a cabo un buen interrogatorio.

—¡Cojones, inspectora, lo que a usted se le escape...!

Llamé al homólogo de las narices, que se llamaba *inspecteur* Bondieu. En cuanto lo tuve al teléfono me contó que había tenido que detener ya a Girault porque existía riesgo de fuga. Me corroboró todos los movimientos telefónicos del confeso: no había recibido ninguna comunicación, mientras que desde su teléfono él había realizado un montón de llamadas a la hija, sin recibir respuesta. Cuando le dije que me facilitara una conversación telefónica con el hombre, se echó a reír:

—Pero, inspectora Delicado, ¿Girault es suyo o es mío?

—Eso dependerá del juez que lo reclame, pero de momento necesitamos saber si su hija es la instigadora del crimen. ¿A usted qué le parece?

—Es difícil de saber, el padre no la mencionó en su confesión.

—¿Le pidió que lo pusiera en contacto con ella?

—No, en ningún momento, pero él sabe que la chica se encuentra en Barcelona.

—Eso es muy raro, ¿no? No pide contacto oficial, pero la llama cien veces desde su móvil. Deje que hable con él, Bondieu, yo le diré cuándo exactamente. Le enviaré un mensaje para que lo prepare. Ah, y mejor devuélvale el teléfono que le ha confiscado, sólo para esa conversación que le pido.

—Mi querida colega, usted sabe perfectamente que fabricar alguna prueba que falsee la realidad...

—Mi muy querido amigo, claro que lo sé, pero también sé que a veces es necesario darle un empujoncito a la realidad para que se manifieste en todo su esplendor.

Oí del otro lado una risa complacida.

—¡Ah, me encanta ese pequeño *côté sauvage* de las mujeres españolas! Lástima no poder conocerla, inspectora.

—Quizá en el futuro, *mon ami*, quizá en el futuro.

Había llegado el momento de actuar, y nunca mejor dicho. Llamé por teléfono a Martine Girault con una excusa en parte absurda y en parte real. Tenía que venir a comisaría aquella misma tarde. La parte real era que debía firmar su declaración; la absurda, que en España las declaraciones se le leían de viva voz al declarante y que este introducía, también de modo oral, las rectificaciones o precisiones que considerara oportunas, de las que se tomaba nota. Supongo que aquello le extrañó, pero no menos que las procesiones de Semana Santa o la suelta de toros en San Fermín; al fin y al cabo se encontraba en España, un país cercano en la geografía, pero diferente del suyo hasta límites insospechados. La cité a las cuatro de la tarde, asegurándole que una vez terminadas las formalidades podría regresar a su casa. Acto seguido mandé un mensaje a Bondieu pidiéndole que dejara solo al viejo Girault a partir de las cuatro, después de haberle devuelto su móvil y avisándole de que le llamaría la policía española.

La francesa llegó con toda puntualidad y considerable mala cara. El guardia de la puerta le dijo que debía dejar el bolso, el abrigo y todas sus pertenencias en su garita.

Las encargadas de leerle la declaración eran Yolanda y Sandra. Ambas tenían indicaciones de ralentizar al máximo la lectura para que durara no menos de media hora. En cuanto vi que las tres se metían en la sala de interrogatorios corrí al puesto de guardia de la entrada, saqué el móvil de Martine de su bolso y volé a mi despacho, donde me esperaba Garzón. El corazón me saltaba en el pecho hasta dolerme; nos lo jugábamos todo a una carta y encima era una carta marcada.

Tecleé el número del señor Girault y casi inmediatamente oí su voz triste y cansada.

—Señor Girault, soy la inspectora Petra Delicado de la Policía Nacional en Barcelona. Su hija Martine ha confesado la complicidad e instigación del crimen de su esposa. —No hubo respuesta, sólo una pesada respiración que se hizo más rápida. Prosegui—: Su hija está aquí ahora, conmigo, y desea hablar con usted. Está muy afectada, así que le ruego que sea usted breve y sintético en su comunicación. Se la paso.

Retiré el auricular, me aseguré de que la grabadora funcionaba correctamente y poniéndome un pañuelo de papel en la boca, sollocé, con mi mejor acento francés:

—Papá....

—Mi pequeña, mi cariño, no llores, por favor.

Solté de nuevo, balbuceante:

—Papá...

—No te preocupes, mi pequeña. Has hecho bien en decir la verdad.

—Papá... —Subí la intensidad de mi sollozo.

—No llores, no llores. Así es mejor. ¿De qué pueden acusarnos, después de todo? En el juicio se verá que todo lo hicimos por su bien, que lo único que queríamos es que no sufriera más. Todo se arreglará, pequeña, es mejor así.

Carraspeé, volví a mi voz normal:

—Lo siento, señor Girault, el tiempo de comunicación se ha acabado. Ya volveremos a llamarle.

Giré la cabeza hacia Garzón, mascullando con euforia: «¡Bien, bien, vamos bien!». Entonces me di cuenta de que estaba mirándome asombrado, con la boca abierta de par en par.

—¡Por todos los demonios coronados, inspectora, es usted como María Guerrero y Sarah Bernhardt juntas!

—¡Déjese de hostias, Fermín! Borre del móvil todos los trazos de esta conversación y vuele a dejarlo donde estaba.

Salió de estampida. Tomé mi teléfono y llamé a Bondieu.

—Interrogue inmediatamente al detenido sobre la complicidad de su hija, que le cuente exactamente cómo fue. Pero tiene que ser ahora mismo, Bondieu, ahora mismo o perderemos la oportunidad.

—¿Ha confesado la mujer?

—Algo así.

Un silencio prolongado me indicó que Bondieu estaba convencido de hallarse frente a lo más crudo de mi *côté sauvage*. Prefirió obviamente no indagar.

—De acuerdo, Petra. La llamaré cuando haya concluido.

Me dirigí hasta la sala de interrogatorios. Abrí la puerta y descubrí a Yolanda leyendo tan despacio como lo haría una torpe escolar.

—Podéis marcharos, chicas.

Las dos policías salieron, mientras una furibunda Martine Girault me miraba con odio:

—¿Y ahora qué sucede, inspectora? He tenido que soportar la torpeza de dos policías descerebradas y de repente interrumpe usted cuando parecía que íbamos a acabar.

—Es que he pensado que no merecía la pena continuar.

—¿Por qué, si puede saberse?

—Porque es muy probable que quiera usted variar la declaración. Su padre acaba de confesar no sólo su crimen, sino también la complicidad de su hija en él. Y no tiene ninguna hija más que nosotros sepamos, ¿me equivoco?

Un gesto de rabia la paralizó un segundo, luego explotó:

—¡No la creo, no creo ni una palabra!

—Enseguida podrá preguntárselo usted misma.

Abrí el ordenador que había en la sala. Fingí trabajar en él. Ella aguantó el silencio y la incertidumbre, aunque cada vez peor. Tras una larguísima media hora mi teléfono móvil sonó. Oí la voz de Bondieu:

—Felicidades, querida colega. No quiero saber cómo lo ha conseguido, pero Girault ha confesado la complicidad de su hija, también que la idea del asesinato partió de ella.

—¿Tiene al hombre aún frente a usted?

—Acaba de salir.

—Tráigalo de vuelta y que se ponga al teléfono, por favor.

Reconocí el tono cansino del anciano.

—Su hija quiere hacerle una pregunta, señor Girault.

Le pasé el teléfono a la mujer, que me lo arrebató de la mano:

—Papá.

—Sí, mi amor, aquí está papá. ¿Estás tranquila?

—¿Es verdad lo que me dicen, papá, que has contado algunas cosas?

—Lo he contado ya todo, querida, lo mío y lo tuyo, puedes descansar por fin. Pero no van a hacerte nada, no sufras, todo irá bien.

Noté cómo se aferraba al auricular:

—Pide un abogado, papá. Pide un abogado y no digas nada más.

Colgó ella misma sin darme tiempo para hacerlo yo.

—Yo también quiero un abogado —me espetó.

—¿Francés o español? —le pregunté con sorna.

Dos días después tuvimos acceso a la declaración completa del señor Girault. Las líneas principales estaban claras desde tiempo atrás: la señora Girault padecía una irrecuperable demencia senil que se agravaba cada vez más. Su esposo ya no podía hacerse cargo de ella. La situación económica de la familia no permitía ingresarla en una residencia donde hubiera estado bien atendida y, naturalmente, Martine Girault no estaba dispuesta a sacrificar ni su carrera profesional ni su vida al servicio de su madre enferma. Convenció a su padre de que lo mejor para todos era evitarle más sufrimientos a la pobre mujer. Ideó un plan perfecto, casi perfecto en realidad. Sus padres viajarían en coche hasta Barcelona y allí acudiría ella para ayudar a su padre a matar a la mujer. Un piso turístico alquilado sería lo ideal para no dejar huellas. Llegado el día convenido, un domingo para no tener que pedir permiso en el trabajo, Martine tomó un avión desde Estrasburgo y se plantó en Barcelona. Mataron a la víctima en el apartamento, la disfrazaron de puta barata, la sacaron por la noche y la dejaron en una cuneta. Después regresaron al apartamento para limpiar cuidadosamente cualquier resto de sangre. Y ya está: la policía de Barcelona sólo tendría a una vieja prostituta sin identificar. ¿Dónde estuvo el error? Me quedé conmocionada al oír ese fragmento en la declaración: «Mi hija se enfadó mucho conmigo porque salí de casa una semana antes de lo previsto. A mi mujer le encantaba viajar y nunca habíamos podido hacerlo. Puesto que iba a morir, decidí ofrecerle unos días de turismo a la pobrecilla».

—Ahí fue donde la cagó —dijo Garzón sin ninguna muestra de piedad—. El tío se dejó la tarjeta en la media de la mujer. Gracias a eso los hemos cazado, porque si no... Bien pensado, matar no es difícil, pero para hacerlo bien hay que carecer de cualquier sentimiento.

—¡Quién sabe!, quizá ese hombre dejó inconscientemente la tarjeta para que pudiéramos atraparlo. Hay veces en que los asesinos que no están muy convencidos de su acción hacen eso, dejan una pista casi sin pensar.

—A mí me da en la nariz que este sujeto no estaba para leches. La tarjeta se le pegó a la muerta en el pie por pura casualidad.

—Usted sería un excelente asesino, Fermín.

—¿Ah, sí? ¿Por qué?

—Porque de sentimientos anda fatal.

—Un tío que se carga a la parienta y la viste de putón no me da mucha pena, la verdad. Por no hablar de la hija, esa sí que no tiene perdón de Dios.

—Dicen que Dios lo perdona todo.

—Bueno, pues allá Él.

Fuimos a tomar una copa a La Jarra de Oro. El

comisario Coronas nos había felicitado por aquella milagrosa metamorfosis: sacar a una turista indefensa de «una mala mujer» le pareció un número circense que jugaba a nuestro favor. Todo había salido tan bien que hubiera debido sentirme contenta, pero no era así. Flotaba sobre mi ánimo una nube de depresión.

Cenando en la cocina de casa le pregunté a Marcos:

—¿Qué harás conmigo si alguna vez padezco demencia senil?

Él, que conocía el desenlace del caso que acabábamos de cerrar, puso un gesto tranquilo y casual:

—Bueno, te invitaría a hacer turismo en las cataratas del Niágara.

—Ya.

—Dicen que es un espectáculo digno de verse por lo menos una vez en la vida.

—Justo antes de morir.

Nos echamos a reír. Luego, muy seria, añadí:

—Esta misma noche voy a firmar un escrito en el que diré que si aparezco difunta en cualquier parte del mundo, te echen directamente las culpas a ti.

Él, que ya pensaba en otra cosa, se levantó de la mesa y me preguntó:

—¿Quieres café?

Goa, mayo de 2015

Una siniestra esperanza

Garzón estaba alicaído aquella mañana. Entró en mi despacho y me saludó con la brevedad e indiferencia con las que se da el pésame a una viuda en un funeral. Levanté los ojos de un informe que estaba leyendo y me encontré con que él echaba desganadamente sobre mi mesa unos cuantos informes más.

—¿Y eso?

—Informes —susurró, y añadió con voz sibilante—: Hasta luego, inspectora.

Interrumpí su movimiento hacia la puerta con una enérgica pregunta:

—¿A dónde demonios va?

—Voy a afrontar un nuevo día de trabajo.

—Pues parece usted Napoleón afrontando la retirada de Rusia.

Se encogió de hombros. Me estaba dando tantas pistas sobre su decaído estado de ánimo que resultaba obvio que necesitaba de mi interés sobre los motivos que lo habían llevado a él.

—¿Le ocurre algo, subinspector?

—Estoy viejo, inspectora.

—Dudo que eso sea una novedad para usted.

—Sí, pero es que ahora tengo razones para pensar que he entrado de lleno en la vejez. El otro día fui al médico, porque mi esposa me obligó, naturalmente, y me ha encontrado muy alto el colesterol, la tensión desbocada y una serie de lacras más que me obligarán a tener cuidado con lo que como y a tomarme una pastilla cada mañana.

—Bueno, eso es algo muy habitual. No creo que haya peligro de defunción.

—Pues más me valiera morir. ¿Qué es la vida sin comer lo que a uno le apetece? Y, sobre todo: ¿cómo soportar la humillación de medicarme diariamente?

—¡Por Dios, Fermín! ¡Es usted un niño mimado y un abusón! ¿Tiene la menor idea de cuántos, más jóvenes que usted, mueren de graves enfermedades cada día en este país? No está usted en condiciones de quejarse ni de deprimirse por una cosa así.

—¡Lo sabía!

—¿Qué sabía?

—Que cuando se lo contara a usted, añadiría a mis penas una buena bronca.

Un policía asomó después de haber dado dos golpes en la puerta, más de aviso que de petición de permiso.

—Inspectora Delicado, el comisario quiere verlos a los dos inmediatamente en su despacho.

—¡Vaya! —exclamó cansinamente Garzón—, con un poco de suerte las broncas van a ser dos.

Nos encaminamos al despacho del jefe, yo delante, Garzón detrás, renegando en voz baja nadie sabe de qué. Coronas nos esperaba, como siempre, de mal humor. Es prerrogativa de los jefes no mostrarse alegres jamás.

—Señores, tengo caso para ustedes. Un caso jodido, si me permiten la expresión. Acaba de suceder. Han encontrado a un hombre muerto en su domicilio. Como vivía solo, parece que hace tres días que estaba cadáver. Alguien le clavó un arma blanca en el abdomen y se desangró. Un compañero de trabajo fue a buscarlo a su casa y, como no abría la puerta, nos avisó. Por lo visto, el tipo no tenía teléfono, ni fijo ni móvil.

—¿Hay pistas? —pregunté.

—Ni una. Esa es la parte mala del caso. Nadie vio nada, no hay testigos.

—¿Cuál es la parte buena?

—Exactamente buena no es, pero a lo mejor les hace gracia saber a qué se dedicaba la víctima.

—Dispare, tengo ganas de reír —me permití un poco de cinismo.

—Era árbitro de fútbol.

—¡Coño! —soltó el subinspector concediéndose un poco de grosería, a la que el comisario fue inmune.

—¡Sí, coño!, pero no vayan a pensar que se trata de un árbitro de primera división, conocido y glorioso por sus gestas. No, es uno de esos tipos que ganan cuatro perras arbitrando partidos de los pequeños clubes en los alrededores de Barcelona.

—¡Ah! —fue el comentario de mi desilusionado compañero.

—Aun así, reconozcamos que ser árbitro no es

una de las ocupaciones normales de la gente y eso sumaría en la parte buena.

—Comisario, estoy haciéndome un lío con la parte buena y la parte mala.

—No me extraña. Siembro la confusión a propósito para que les coja de sorpresa la parte peor.

Nuestra expresión de desconcierto, también la demanda imperiosa de nuestros ojos, lo obligó a continuar:

—El árbitro difunto no tiene más familia que su anciana madre, recluida en una residencia para la tercera edad y... todavía no se le ha comunicado el deceso. Por lo tanto, les toca a ustedes comerse el marrón. Con que vaya uno solo, bastará.

—Yo no sé absolutamente nada de fútbol —repliqué de modo instantáneo.

—No la mandamos para que le comente a la señora el último encuentro Barcelona- Madrid, y ya conoce usted la teoría policial en estas circunstancias: las mujeres dan las noticias luctuosas a los familiares con mucha más sensibilidad. Creo que debe ser usted quien vaya, inspectora.

—Pero...

—Sin peros. Mientras tanto, el subinspector Garzón se pondrá al día de los detalles del caso con el subinspector Pinilla, que estuvo presente en el levantamiento. Y ahora sí que viene lo peor de lo peor: estamos a tope de trabajo, no hay tiempo que perder y el asesinato se produjo hace tres días, lo cual pone las cosas más difíciles. No consentiré fallos ni retrasos. No pueden contar con la ayuda de más policías y me duele la cabeza. ¡En marcha, señores! Podría decirles que Dios vaya con ustedes, pero dadas las connotaciones deportivas del caso me inclino por decir: que gane el mejor.

A la salida del despacho se habían invertido los papeles entre Garzón y yo. Él parecía haber olvidado sus problemas de salud y se mostraba animoso. En cuanto a mí, era como si me hubieran atizado con un mazo en el cráneo: estaba fatal. ¿Cómo decirle a una anciana, al final de su vida, que su único hijo ha sido asesinado? ¿Qué tipo de sensibilidad se supone que tenemos las mujeres? Porque lo que se necesita para hacer algo así es justamente ser insensible hasta la médula. Cerré los ojos y dejé de pensar. Mi compañero se había enzarzado en un monólogo acerca de lo curiosa que resulta la vocación de árbitro. Conecté levemente con su perorata para oírle decir:

—Porque ya es raro que exista alguien con semejante vocación, pero si encima se trata de un mindundi que sólo se dedica a partidos sin importancia...

—¿Tan terrible es ser árbitro de fútbol?

—Horroroso, siempre hay alguien que te pone a parir y discute tus decisiones..., por no hablar de los insultos que recibes, de hijoputa para arriba. Mire, ahora que va a ver usted a la madre del finado se lo puede preguntar.

Me indigné ante sus carcajadas.

—Es usted muy gracioso, Fermín. Para que no se ría tanto, tendré que recordarle que no va a comer chorizo en los próximos meses.

—Eso ha sido cruel.

Considerando ambos que habíamos quedado en

tablas, nos despedimos con un gruñido para atender a nuestros cometidos.

Antes de coger el coche, la residencia geriátrica a donde me dirigía estaba a las afueras de Sabadell, me pregunté si a aquellas horas de la mañana era prudente arrearme una copa de coñac que me sirviera de acicate e inhibidor de sensibilidades femeninas. Concluí que sí, entré en un bar y me soplé el coñac en plan cosaco. Después partí para hacer de ave de mal agüero con un poco de ardor de estómago, añadido a la misma aprensión que sentía antes de beber.

La residencia no era lúgubre vista desde fuera. Al contrario, se trataba de un edificio con pinta de masía que el ayuntamiento había habilitado para su función actual. Todo estaba pintado y repintado, plantas y árboles rodeaban el lugar y no había nada que hiciera pensar en la vejez o la muerte. De todas maneras, pulsé el timbre de la puerta con prevención.

Me abrió una chica con un alegre guardapolvo que parecía la encargada de un patio escolar. Pero no, la evidencia se precipitó inmediatamente sobre mí. En los bancos y sillas instalados por el jardín se veían hombres y mujeres muy mayores, sentados al sol. Otros paseaban con un andar mortecino, cruzándose entre ellos sin hablar. Había preguntado por la directora, quería hablar con ella antes de actuar. Debía saber al menos con quién me enfrentaba o, llegado el caso, que alguien me acompañara en la tarea de pasar la letal información que conmigo llevaba.

La directora era amable y, por supuesto, se quedó de una pieza cuando le conté a qué venía. Como casi siempre sucede, no podía comprender cómo era posible que un hombre sencillo y amable, «un buen hijo» (así lo definió), hubiera muerto de un modo tan brutal.

—Salustio parecía muy buen hombre —aseveró, y en ese momento me di cuenta de algo tan alucinante como que sólo conocía el apellido de la víctima. ¿Salustio?, ¡Dios, haber sido asesinado no era la única desgracia que había caído sobre él!—. Venía a ver a su madre una vez por semana; normalmente los domingos, después del partido de fútbol que solía arbitrar. Se la llevaba a su casa todo el día, y otras veces la sacaba a comer a algún restaurante barato que estuviera cerca de aquí. Salustio no contaba con muchas posibilidades económicas; de otro modo su madre no hubiera tenido derecho a estar en esta residencia municipal. Se nos acumulan un aluvión de peticiones de ingreso, ¿sabe, inspectora?, cada vez más. La gente envejece y no siempre puede permanecer al cuidado de la familia.

—¿Usted sabe de qué vivía Salustio?

—Claro que lo sé; somos muy escrupulosos investigando antes de aceptar a un nuevo huésped. El pobre cobraba una pensión muy pequeña de cuando trabajaba en una fábrica que cerró. Pidió permiso a la Seguridad Social para actuar como árbitro y como se trataba de algo inseguro y temporal, se lo concedieron. De eso sacaba muy poco, pero algo era, y llenaba su vida, además. Seguro que ha sido alguno de esos bárbaros de los hinchas futboleros quien se lo ha cargado. A su madre no le gustaba nada que fuera árbitro, nunca le gustó. Se llevó un gran disgusto cuando él se lo dijo.

—¿En qué condiciones está la señora?

—La madre de Salustio Rodríguez no está nada mal. Sale sola a la calle, se entera de todo, come bien..., aunque en los últimos tiempos había dado un bajón. Es así como se envejece, ¿sabe, inspectora? Los internos se mantienen en forma hasta que un buen día..., ¡zas, dan un bajón! Quien le diga que hay una decadencia progresiva la engañará; no, lo tenemos muy comprobado: línea horizontal, línea horizontal y, de repente, ¡zas!, línea quebrada hacia abajo. Esta señora no ha perdido movilidad, pero la cabeza empieza a fallarle: tiene algunas ausencias, ha adoptado manías infantiles...

—¿Por ejemplo?

—No sé, masca chicle aunque está prohibido, reniega de los horarios que siempre le habían parecido bien...

—¿Tienen prohibido mascar chicle?

Se puso en guardia rápidamente.

—Mire, inspectora, nosotros somos una institución que da libertad casi absoluta a sus acogidos. Entran, salen, se mueven por la casa a su antojo..., pero hay cosas tocantes a la higiene general que debemos controlar. Si permitiéramos fumar o comer chicle...

—Lo sé, lo sé; era sólo curiosidad. ¿Puede decirme cómo debo abordar a esta señora para darle la horrible noticia? ¿Hay algún modo ideal, alguna salvedad que deba tener en cuenta, considerando su estado?

—¿Quiere que la acompañe nuestro psicólogo de plantilla?

Vi el cielo abierto y le hubiera plantado dos besos de puro agradecimiento a la directora.

—¡Sí, por Dios, sería mucho más fácil para mí!

—Lo dispondré todo. ¿Quiere esperar aquí o prefiere que alguien la lleve a visitar nuestras instalaciones? Todo está a la vista, no tenemos nada que ocultar.

Le dije que mejor me quedaba en mi sitio y me maldije mil veces por haber preguntado lo del chicle, que la había puesto recelosa contra mí. Al cabo de diez minutos reapareció con un hombre joven y sonriente. Nos saludamos y enseguida le pregunté:

—¿Cómo debo darle la noticia?

—Con naturalidad.

La respuesta me dejó de una pieza. ¿Dónde se supone que está la naturalidad en el anuncio de que a alguien lo han asesinado? ¿Creía el psicólogo que eso de matar gente es una actividad social de lo más cotidiano? Al fin comprendía que todos mis intentos de encontrar paliativos a la situación eran inútiles, y que debía hacerlo como Dios me diera a entender.

—No se preocupe, inspectora, por la reacción que la señora pueda tener. Voy preparado con tranquilizantes. Y si se pusiera muy mal, le inyectaremos algo para que duerma.

—Eso no significa que mediquemos a los acogidos por cualquier cosa —intervino como un rayo la directora.

Fuimos a la habitación de la señora Rodríguez y la vi por primera vez. Era fea, con una permanente medio deshecha y gafas gruesas como un vaso barato. Estaba sentada junto a la ventana, al lado de una mesa camilla. La habitación debía compartirla con alguien, porque había dos camas. Miraba difusamente hacia el aire. El psicólogo, con una voz tan meliflua y un tono tan infantil que a mí me hubieran puesto en la pista de lo peor, le dio mi nombre y le dijo quién era. Me puse frente a aquella desconocida y le espeté un parlamento de lo más oficial:

—Señora Rodríguez, es un deber muy ingrato para mí anunciarle que su hijo Salustio fue encontrado sin vida en su domicilio, pensamos que asesinado. Ya tenemos en marcha la investigación y será usted informada de los adelantos que se produzcan en la misma. Puede usted estar segura de que haremos lo imposible por hallar al culpable y que este será castigado convenientemente por la ley.

Se hizo un silencio. Dudé de que la interpelada me hubiera entendido. Entonces, muy despacio y sin cambiar de expresión, se llevó ambas manos a la nuca y hundió la cara en el pecho. En esa postura se quedó sin moverse. Tras un eterno lapsus, el psicólogo se acercó y le dijo:

—Atanasia —comprendí que lo de los nombres espantosos debía de ser una tradición familiar—. ¿Te encuentras bien, has entendido lo que ha dicho la inspectora?

No hubo reacción. El hombre, suavemente, intentó deshacer el nudo de sus manos, pero al parecer ofreció resistencia. Con gestos más decididos, hizo otra tentativa sin ningún resultado. Aquella pobre madre estaba enquistada en su postura con fuerza juvenil. El psicólogo se volvió hacia mí y me dijo en voz baja:

—Salgamos.

En el pasillo me comentó:

—Váyase, inspectora, y no se preocupe. Creo que la ha entendido perfectamente. Yo controlaré sus impulsos posteriores.

—Pero es que yo quería interrogarla, preguntarle por los amigos de su hijo, por sus posibles novias.

—No es ahora el momento, ya lo ve. Vuelva otro día, será mejor.

Salí del edificio con el corazón encogido y muy mal cuerpo. Todo había sido tan horroroso como cabía prever. Eso me pasaba por intentar hacer las cosas según un método sensible y cientificista. Quizá hubiera sido más adecuado citar a aquella desgraciada en comisaría y soltarle: «A su hijo lo han liquidado de un navajazo, señora, es lo que hay». Aunque nadie podía imaginar qué había pasado por la mente de aquella mujer frágil, un tanto perdida en su mundo interior.

Antes de volver a comisaría entré en La Jarra de Oro y me tomé una cerveza. Más que el efecto euforizante de un poco de alcohol, necesitaba la ayuda que brinda verse inmersa en un ambiente ruidoso, ligero, levemente impersonal. La gente que frecuenta de día los bares de mi país es simple y alegre, genera con su presencia una impresión instantánea de normalidad.

Ya en la guarida del lobo me esperaba Garzón dispuesto a despedazarme.

—¡Ha tardado un montón, inspectora!

—Me ha retrasado una pequeña cerveza.

Levantó la vista de su ordenador y me miró como si le hubiera ofendido en lo más sagrado.

—¿Ese es su concepto de la solidaridad? Podía haberme dicho que fuera con usted.

—Lo he pensado, pero me di cuenta de que no le conviene. Si hubiera tomado una cervecita, un montón de tapas grasientas le hubieran sonreído desde la barra. Una tentación que le he ahorrado.

—O no; el mejor modo de huir de la tentación es caer en ella.

—¿No habíamos quedado en que su colesterol está por las nubes?

—¡Por mí como si se arrastra! Le advierto que no estoy dispuesto a que me cuide ninguna mujer más, ya tengo a la mía dándome el coñazo a modo y manera. ¡Ahora sólo me faltaba usted! Quiero que tenga claro que, cuando me apetezca, comeré todas las tapas grasientas que me queden a tiro.

—Por mí como si quiere zamparse un cerdo vivo. ¿Ha acabado ya con su catilinaria o le viene en gana soltarme alguna impertinencia más? Lo digo porque sería muy conveniente que nos pusiéramos a trabajar ahora mismo. Pase todo lo que haya hecho a mi ordenador y vamos a mi despacho.

Obedeció y me siguió sin decir una palabra. Sentada a mi mesa, abrí el archivo con su informe. Entonces le oí carraspear:

—Disculpe, inspectora; he sido muy brusco, pero esta situación de ser un enfermo me ha puesto de un humor imposible.

—¡Por el amor de Dios, Fermín, usted no es un

enfermo! Sólo tiene un desajuste que ya se le pasará, aunque espero que antes se le pase el mal humor. No me haga leer lo que ha escrito, cuénteme.

Intentó concentrarse como si saliera de un mal sueño, volvió a carraspear:

—El tal Salustio, aunque ese nombre más parece un alias, tenía cincuenta y tres años. En principio parece un hombre normal. Los vecinos les dijeron a los polis que fueron a su casa que era un tipo solitario. Nunca lo vieron en compañía de ningún amigo, tampoco de ninguna mujer. Pero nadie dice nada en su contra: era amable, saludaba, pagaba el alquiler y los gastos de escalera. Sin embargo, en el mundo del fútbol resulta que era un árbitro de los llamados polémicos.

—¿Y eso qué quiere decir?

—Bueno, en este caso no lo sé con detalle, pero ya sabe usted que se denomina árbitro polémico a aquel que toma decisiones polémicas en el terreno de juego, ese tipo de decisiones que cabrea a todo el mundo: pitar penaltis en campo propio, expulsiones a destajo...

—No lo sabía.

—¿Lo dice en serio?

—Veamos, Garzón, yo de fútbol sé muy poco; apenas que en cada equipo hay casi una docena de jugadores.

—¿Cómo que casi una docena? Un equipo son once hombres, inspectora, ¿es que no sabe ni eso?

—Sí, ahora que lo dice, es verdad. Siempre me ha parecido una excentricidad que sean once. ¿Por qué no un número par: seis, doce...? ¡Pues no, once, tócate las narices!

Garzón puso los ojos en blanco, suspiró. Mi ignorancia futbolística se le antojaba una suerte de analfabetismo difícil de imaginar en alguien civilizado.

—¿Puedo continuar? Bien, pues resulta que la víctima estaba catalogado como un profesional polémico en su nivel, lo cual complica las cosas.

—¿Por qué las complica?

—Porque cualquier hincha descontento pudo habérselo cargado en un momento de pasión.

—¡Hombre, me parece un poco excesivo!

—¡Ni se imagina cómo son esos bárbaros, Petra! Cuando están exaltados y en grupo, pueden cometer cualquier atrocidad.

—Como ve, tengo mis motivos para que el fútbol me resulte ajeno. De todas maneras, si no hubo violencia en el asesinato y la víctima no fue sorprendida en su domicilio ni la puerta forzada, queda descartado un momento de pasión. Más debemos pensar en alguien que lo siguió y a quien él abrió la puerta, o en alguien a quien conocía.

—La pasión de estos descerebrados se enciende y se apaga como con un interruptor; son terribles, créame.

—Veo que se trata de un deporte muy conciliador.

—El deporte es aquí lo de menos, son jóvenes que están jodidos, quizá sin trabajo, o con un trabajo de mierda, o con una familia desastrosa, o con novias tan cutres como ellos... Buscan una excusa para expulsar la rabia que llevan dentro. En primera división es distinto, el público es de diferentes clases sociales, pero en este nivel sólo hay gente de barrio extremo, tipos jodidos e inconscientes, sin más.

—De modo que, según su hipótesis, buscamos a un joven varón descerebrado, a un hincha furibundo.

—Reconozco que es muy pronto para hacer conjeturas, pero esa me resulta muy fácil de creer.

Pasé revista al material que teníamos. Resultados de autopsia: no hubo lucha, el navajazo fue único y certero. La víctima quedó tumbada y no intentó arrastrarse ni moverse. No teníamos huellas sospechosas ni arma homicida. Cero testigos. Un principio muy poco alentador.

—Me gustaría conocer a la víctima.

—¿Vivo o muerto? —me sorprendió el subinspector—. Si lo quiere ver muerto, está en el depósito. Si lo prefiere en acción, el servicio de documentación ya ha hecho un buen trabajo. Contamos con filmaciones de televisiones locales que lo muestran en todo su esplendor.

—Lo prefiero enlatado, la verdad.

Mi compañero salió y en un instante estaba de regreso con una cinta de vídeo. La metió en mi televisor y puso una silla junto a la mía. Accionó el mando.

—Han hecho una única cinta con varias de sus actuaciones. Ahora verá lo que es un árbitro polémico.

En la pantalla apareció una imagen que yo había visto mil veces, y siempre sin prestarle atención: un partido de fútbol. Es curioso, pero recordaba a todos los hombres que habían pasado por mi vida deteniéndose en esa situación: ver un partido. Sentí una absurda añoranza porque era un recuerdo agradable para mí: mi padre, mi primer marido, el segundo y ahora el actual, todos y cada uno de ellos se habían sentado alguna vez frente al televisor para ver un partido. Yo, mientras tanto, siempre me había quedado cerca de ellos leyendo un libro, o entraba y salía de la habitación, ocupada en otra cosa. Me hacía gracia oírlos renegar por alguna jugada mal resuelta o exaltarse en algún momento de tensión. Todos ellos me parecían inofensivos e infantiles en aquella tesitura, seres sencillos y domésticos con los que se podía convivir sin miedos. Garzón me dio exactamente la misma impresión, porque al minuto de estar viendo a los jugadores haciendo sus pases se había enfrascado en el juego, como olvidando el porqué nos encontrábamos viendo la televisión. Por fin pude observar al extinto árbitro en un plano cercano que mi compañero congeló:

—Le presento a Salustio, nuestra víctima. ¿Ve la pinta que tiene, inspectora?

No creí que la tuviera muy buena, la verdad. Era un hombre vulgar y corriente, poco atractivo, cetrino y orejón. Sus piernas y brazos estaban cubiertos de vello encrespado, y en su mirada no se adivinaba ninguna cualidad especial. En aquel momento decidí que no iría al depósito a ver su cadáver; si vivo era tan feo, seguro que muerto era aún peor. El motivo de que le hubieran tomado un plano muy cercano no era otro que el protagonismo tempestuoso que le proporcionaba una de sus resoluciones arbitrales. No tenía la menor idea de la razón, pero el caso es que los espectadores aullaban contra él, lo insultaban con expresiones terribles: «¡Mamón, hijo de puta, pringado!». Por su parte algunos jugadores se le plantaban en las mismas narices para protestar, le gritaban en la cara y todo daba a entender que iban a agredirlo, aunque luego no sucediera así.

Las imágenes saltaban de un partido a otro, pero siempre ocurría igual: Salustio pitaba algo que el respetable juzgaba muy injusto y se organizaba el consabido sarao con insultos, encaradas, berreos... Pensé que ni en un circo romano el populacho debía de ser tan bestia. En una de las ocasiones, el pobre Salustio, a quien empecé a compadecer, salía del campo escoltado por la Guardia Civil, las hordas de hinchas querían lincharlo.

—¿Qué opina, inspectora?

—Que si yo detentara el poder, el fútbol sería un deporte que extinguir.

—Más vale que la agresividad de las masas se encauce de ese modo, ¿no cree?

—Pero es que no es sólo la agresividad, Garzón, sino la estética. ¿Por qué todos los jugadores tienen que escupir continuamente en el césped?, ¿y por qué se cascan esas pintas tan inmundas? Tatuados hasta los ojos, con cortes de pelo imposibles... son un mal ejemplo para la juventud.

El subinspector se echó a reír y me miró como dejándome por un caso perdido:

—¡Bueno, Petra, que sean muy elegantes no es lo que más preocupa a la gente! En cualquier caso, ya ha comprobado usted lo que es un árbitro polémico. Y ahora le pregunto: ¿empieza a considerar como factible que algún *hooligan* fuera de sí se haya cargado a este tío?

—Sinceramente, viendo esto no creo que se pueda descartar.

—Perfecto, ¿por dónde empezamos?

—Como siempre, habría que atender a dos planos de la víctima: el cercano y el general. Para el general, entérese de cuál fue el último partido que arbitró y de si en él hubo bronca o no. El círculo de personas cercanas no sabemos cuál es. Hay que pasar por la federación de árbitros, si es que existe algo así. Allí a lo mejor sabrán qué amigos frecuentaba o en qué bar tomaba sus cervezas. Por muy solitario que fuera Salustio, con alguien trataría, digo yo.

Marcos se quedó de una pieza cuando le conté el caso que llevaba entre manos. No era mi marido un amante furioso del tema deportivo, pero aun así aquello le divirtió. Me advirtió:

—¡No sabes dónde te metes, Petra! El mundo del fútbol es complejo y bastante agresivo, a veces hasta brutal.

—Sí, ya me he dado cuenta de que no es un pasatiempo de *gentlemen*.

—En realidad ya no hay deportes de *gentlemen*. Antes el tenis lo era, pero hoy en día los espectadores berrean como bárbaros, los jugadores sueltan gritos agónicos en cada raquetazo y algunos van vestidos sin la menor distinción.

—Si te oyera Fermín..., casi me ha tratado de pija por haber criticado a unos hinchas histéricos.

—Eso es porque no sabe lo importante que es la estética para ti. Por eso te casaste conmigo, ¿no?

No aprecié la broma. En sí misma no tenía malicia, pero mostraba hasta qué punto Marcos banalizaba mi quehacer policial. De acuerdo en que no podía decir otra cosa si quería animarme, pero ya hubiera debido aprender que cuando me enfrento a un caso que me obliga a frecuentar ambientes que detesto, lo mejor es callar.

En fin, al día siguiente, con mi sentido estético guardado bajo llave, me encontré con mi subalterno en comisaría. Él se había encargado de citar allí a los dos presidentes de los dos clubes que se habían enfrentado tres días antes del asesinato de Rodríguez: el Santa Cecilia F. C. y el Brugat. Junto con ellos venía el responsable de seguridad que estaba presente en el encuentro. Como yo no tenía ni idea de qué preguntar, fue Garzón quien dirigió el interrogatorio. Y en efecto, se interesó por cosas que a mí no se me hubieran ocurrido jamás. Por ejemplo, ¿esos dos clubes contaban con peñas de hinchas organizadas? Las respuestas fueron positivas en ambos casos. Los presidentes, dos tipos de mediana edad con aspecto de paletos, se apresuraron a dejar claro que los muchachos que formaban parte de ambas peñas eran prácticamente santos de altar.

—Son buenos chicos, hombre, chicos muy sanos —dijo el de Santa Cecilia—. Vienen al campo a animar a su equipo. Lo que pasa es que la juventud es impulsiva por naturaleza y alguna palabra fea sí se les puede escapar.

—¿Hubo follón ese día con el árbitro? —preguntó Garzón.

El presidente del Brugat tomó la palabra:

—Nada, apenas alguna pitada cuando se acabó el partido. Es que el árbitro favoreció descaradamente al Santa Cecilia.

—¡De eso nada! —saltó el encartado—. Hubo un par de jugadas polémicas, pero de eso a pensar que el árbitro estaba a nuestro favor... Lo que pasa es que Salustio Rodríguez era mucho Salustio. Yo lamento en el alma que se lo hayan cargado, eso no tiene ninguna justificación, pero es que el tío se lucía, cada vez que arbitraba estaba garantizada alguna bronca.

—Eso es verdad —se avino el oponente—. La gente murmuraba que como Salustio era un tío raro y medio amargado, más solo que la una, un pobre don nadie, pues que la pagaba con los jugadores. Algo así como si dijera: «Puede que mi vida sea una mierda, pero en el campo soy el jefe y os vais a enterar».

—¿Esas murmuraciones incluían que Salustio podía ser un corrupto, que aceptaba dinero por amañar partidos?

Se incorporaron de sus posturas relajadas los dos a la vez y casi coincidieron en su reacción.

—¡Eso no existe en el fútbol, es una patraña, no hay corrupción ni ninguna de esas trampas asquerosas!

Garzón no se arredró lo más mínimo. Los miró detenidamente.

—Si repito la pregunta la formularé exactamente igual, así que no me hagan perder el tiempo.

Se observaron el uno al otro, suspiraron y, con cara de indiferencia, el del Brugat contestó:

—No, Rodríguez no tenía fama de corrupto. Más bien al contrario, todo el mundo sabía que era de una pieza. Por eso no lo largaron de la federación, porque por falta de ganas no era.

—¿Está usted de acuerdo? —se dirigió mi compañero al del Santa Cecilia.

—Sí.

Volviéndome hacia el encargado de seguridad, hablé por primera vez:

—¿Destacaría usted algo desde el punto de vista de su cometido? ¿Entraron aquel día en el campo tipos especialmente violentos, o se detectó alguna conducta improcedente?

—Nada. Llevamos eso muy controlado; además... —miró a los dos presidentes en una rápida ojeada.

—Además son buenos chicos —terminé su frase con ironía.

—Por regla general, sí.

Se fueron muy dignamente sin habernos ayudado lo más mínimo. Me puse la gabardina y le hice un gesto de «en marcha» a Garzón.

—Veamos qué nos cuentan los confederados.

La federación de árbitros en su delegación catalana estaba atendida por un oficinista que nos hizo pasar a una salita hasta que nos recibiera el responsable, que resultó un chico joven de aspecto jovial.

—Cuando leí en el periódico sobre el asesinato de Rodríguez, ya me imaginé que vendrían por aquí. Hubiera ido yo mismo a la policía si hubiera tenido algo que aportar, pero la verdad es que ninguno de los federados sabe nada. Hemos estado hablando entre nosotros; como comprenderán la noticia se ha extendido como un reguero de pólvora, pero nadie sabe nada. Somos los parientes pobres del fútbol, tenemos que tragar todo tipo de improperios y desaires, los periodistas deportivos enseguida cargan contra nosotros, ahora ya sólo falta que nos maten.

—¿Eso significa que da crédito a la posibilidad de que el asesino haya sido un aficionado?

—Era una manera de hablar.

—Pero ¿le parece una hipótesis factible?

—¡Y yo qué sé, hay tantos tarados en el mundo del fútbol! Claro que también los hay en el mundo en general.

—¿Sabe si Salustio Rodríguez había recibido amenazas, algún anónimo, alguna llamada?

—Amenazas a voz en grito todas las que quiera, pero siempre en el campo de juego, claro está. Si las tuvo de otro tipo, no lo sé, por lo menos él nunca me lo contó.

—¿Cómo era Salustio?

—Un tipo raro. Hablaba muy poco, era hosco. Cuando le advertíamos de que tuviera más cuidado con sus decisiones, porque siempre se armaba follón, no hacía ni caso. No tenía teléfono.

—¿Tenía amigos entre los otros árbitros?

—Yo creo que no. Sólo lo vi en un par de ocasiones con su madre, una señora bastante mayor que a veces lo acompañaba.

—¿No sabe si tenía novia, si frecuentaba a gente?

—No, ni idea. Tampoco crea que los federados vienen continuamente por aquí.

—¿Sabe al menos si iba por algún bar, si después del partido se reunía con alguien?

—Bueno, sé que hay un bar donde acude mucha gente del fútbol, del fútbol humilde, quiero decir. Se llama La Escuadra y está en un barrio extremo, ya casi en Badalona.

Hizo una llamada telefónica para que le pasaran la dirección exacta, que Garzón apuntó y que yo marqué después en el navegador del coche. Mientras nos dirigíamos allí, oí que el subinspector suspiraba con gravedad.

—Este caso es más peliagudo de lo que parecía, ¿no, Fermín?

—Bueno, por lo menos vamos de cara a un bar.

—Creí que era la dificultad de este asunto lo que le hacía suspirar.

—¡Ni hablar de eso, es el hambre! ¿Sabe lo que he desayunado hoy? Una barrita energética, un batido de frutas y una taza de té. ¿Usted cree que esos son alimentos propios de un ser humano?

—¡Veamos, una dieta de perro no es!

—¡Muy graciosa, inspectora! Pues le voy a decir algo: no sé qué ofrecerá al público la barra de ese maldito bar, pero a la que vea un chorizo, lo pediré.

Se quedó más altivo y satisfecho que el Cid Campeador después de reconquistar Valencia; luego, no dijo ni una palabra más.

La Escuadra era el típico bar español de barriada, con la única peculiaridad de que todo en él traslucía el amor por el fútbol: banderines de célebres equipos, fotografías de alineaciones históricas, camisetas de la selección nacional enmarcadas en dorado, copas y trofeos, figuritas de jugadores con el balón pegado al pie... Un horror. Afortunadamente, semejante densidad decorativa y, al tiempo, una tan absoluta especialización balompédica impedían que presidiera el local un toro decapitado, al más puro estilo patrio tradicional. Algo es algo.

Garzón no estaba para estimaciones estéticas y, nada más entrar, hizo una inspección ocular de la barra, rica en componentes grasientos. El camarero tenía pinta de ser también el propietario y hacia él me encaminé. Felizmente a aquella hora sólo había en el local unos cuantos viejos que jugaban al dominó en una mesa y que no mostraron por nosotros el menor interés.

Me presenté, y antes de que hubiera llegado a mencionar mi graduación en el Cuerpo Nacional de Policía, Garzón ya estaba señalando unos choricillos que nadaban en un mar de aceite rojo.

—¿Me pone dos de estos, por favor?

Lo presenté a él también. El dueño sirvió los choricillos con su correspondiente porción oleosa y un par de cervezas.

—¿Tiene usted idea de por qué estamos aquí?

—Más o menos me lo imagino. Por el asesinato del árbitro, ¿es eso?

—Pues sí.

—Todo el mundo lo comenta.

—¿Qué es lo que comentan?

—Pues... que era un tío raro, que parecía que se la estuviera buscando con su manera de arbitrar. También la gente dice que no hay derecho, que por muy cabrón que sea un árbitro no se le puede matar, que a dónde vamos a llegar con tanta violencia en el fútbol. Ya sabe, charlando de una cosa se pasa a otra y al final no se saca nada en limpio.

—Pero esos comentarios dan a entender que todo el mundo atribuye el crimen a un aficionado.

—Este es un bar de fútbol, así que todos los comentarios van a parar al fútbol; es lo normal.

—¿Conocía usted personalmente a Salustio?

—Claro que sí, era un cliente habitual. En mi bar hay ambientillo futbolero y, después de los partidos regionales, la gente viene para aquí: hablan, analizan las jugadas, se enrollan... Y cuando echan un partido de tronío, digamos de los de verdad, también vienen a verlo en la tele. De eso vivo.

—¿Cómo era Salustio?

—Era raro, solitario, no se relacionaba con nadie. Venía, pedía una cerveza y se quedaba en la barra todo el rato. Saludaba a los demás, pero no hablaba con nadie. Si alguien le preguntaba algo, contestaba con un gruñido y en paz. Pero no era mal tipo, no se metía con los demás clientes, no se emborrachaba y pagaba sus consumiciones religiosamente.

—¿Con usted sí hablaba?

—No demasiado, aunque yo creo que le resultaba simpático. Los otros a veces le hacían bromas un poco sin gracia: «¡Vaya follón que armaste el lunes en el partido!», «Algún día te van a pelar, Rodríguez». Él no hacía ni caso, como si no fuera con él. Pero yo lo trataba con respeto y eso le gustaba.

—¿Vino alguna vez acompañado de alguien?

—Nunca, jamás; yo creo que amigos no tenía.

—¿Le contó algo de su vida, algún tipo de confidencia?

—Poco, pero algo. Hace un tiempo me dijo que había metido a su madre en una residencia geriátrica porque estaba muy mayor. Otro día me contó que estaba ahorrando para comprarse un coche, aunque fuera de segunda mano. ¡Ah, y la novia! Al contarme lo del coche dijo que así podría sacar a la novia de paseo. «¿Pero tú tienes novia, Salustio?», le pregunté. «Sí, desde hace poco.» Y eso fue lo único que añadió, lo demás era como si no le interesara contarlo.

—¿Le dio el nombre de la mujer, algún dato sobre ella?

—Nada de nada; y si me lo dio, se me ha borrado, inspectora, piense que aquí hablo con mucha gente.

—¿Cuánto hace de eso?

—¿De lo de la novia? ¡Uf, no sé, hará unos meses, un año...!

—¿Nos llamará si recuerda algo? —pregunté alcanzándole una tarjeta.

—¡Pues claro, pues claro que lo haré! No me gusta que vayan matando a gente por ahí, y además este Salustio a mí me daba un poco de pena. Era un pobre hombre, un tío sin suerte, siempre me pareció que llevaba una vida de mierda. ¿Me dejan que los convide a otra cerveza? Esta va a cuenta mía.

Mientras esperábamos los dos vasos, vi que el subinspector ya había despachado el embutido y que, armado con una miga de pan, se aprestaba a mojar en el aceite sobrante. Lo detuve:

—Fermín, vale que se arree usted el chorizo, pero ¿cree necesario pasear el pan por el plato?

Se contuvo, dejó el pan en la barra y me miró cariacontecido:

—Lleva usted razón, Petra, qué quiere que le

diga, lleva razón, pero es que me resulta terrible pensar que debo privarme de algo así por las buenas.

—Se priva usted porque se lo ha dicho el médico y se trata de algo temporal. De todos modos, si le hubieran impedido oír una sinfonía de Beethoven, o leer una obra de Shakespeare..., pero amargarse por un simple chorizo...

Miró tristemente el plato grasiento y contestó:

—Quedarme sin Beethoven sí hubiera sido una tragedia, es verdad.

Nuevamente en comisaría hicimos una composición de lugar. La conclusión era demoledora: no teníamos nada importante y el único hilo del que podíamos tirar era una presunta novia de nombre desconocido.

—Lo único que se me ocurre es ir al domicilio de la víctima y preguntar si algún vecino había visto a Salustio alguna vez en compañía de una mujer.

¿Es posible que en nuestros tiempos modernos, llenos de gente y de civilización, exista un hombre que esté solo, solo de verdad, solo a conciencia? Era evidente que sí, Salustio Rodríguez, un ser en apariencia del montón, había conseguido la proeza de vivir al margen del calor humano. Alguien que no tiene móvil ni ordenador demuestra que le importa tres carajos el mundo exterior. Si además ha escogido una labor tan insólita como ser árbitro de fútbol, entonces es que nos encontramos ante un ejemplar de nuestra especie absolutamente anómalo y especial.

Ordené a Garzón ocuparse del interrogatorio vecinal (detesto ese tipo de tareas) y yo me encaminé a la residencia de ancianos. Tenía la esperanza de que la madre de Salustio conociera a la novia de su hijo y de que hubiera recobrado la suficiente cordura como para recordarlo.

No diré que en la residencia me recibieran con salvas de bienvenida, ya sé de memoria que un policía nunca es bien acogido en una institución, pero tampoco me pusieron dificultades para organizarme una entrevista con la anciana. Antes de ello, la directora me advirtió:

—No sé si le servirá de mucho hablar con ella; desde que ocurrió lo de su hijo se está poniendo fatal: come menos, siempre se la ve distraída y por las noches presenta tantos síntomas de inquietud que hemos optado por darle pastillas para dormir.

—Tengo que intentarlo al menos. ¿Usted sabe si alguna vez habló de que su hijo tuviera novia?

—No sé decirle.

—¿Sería tan amable de preguntarlo mientras me entrevisto con ella? Pruebe con las personas que la trataban habitualmente: cuidadores, limpiadores, cocineros..., otros huéspedes con los que tuvieran relación.

—La señora Rodríguez nunca ha sido de muchas amistades, pero probaré.

Me acompañó a una salita que se veía preparada para recibir: una mesa camilla, sillones de mimbre..., todo decorado en un estilo por completo impersonal. Al menos, enmarcado en un gran ventanal, se extendía el jardín, que daba una pequeña nota de alegría a un conjunto tan poco acogedor. Al cabo de diez minutos que empezaban a impacientarme apareció aquella pobre mujer cargada de años y de penas. Venía con ella una chica joven que la trataba con el cariño indiferente con el que se trata a un retrasado mental. La animaba a dar cada paso, a sentarse:

—Muy bien, estupendo, así. Venga, un pasito más y habremos llegado. Siéntese aquí. Estará usted un ratito con esta señora tan guapa y luego vendré a buscarla otra vez. ¿Está bien, está cómoda así sentadita?

Esperé a que se fuera la acompañante para empezar a hablar y me negué a hacerlo como ella lo hacía, sin el respeto que suele infundirme la edad. La anciana se quedó quieta y me miró de soslayo, sin fijar nunca la vista en mí.

—Señora Rodríguez, ¿se acuerda de mí? Estuve aquí hace poco. Soy policía.

No respondió ni se inmutó lo más mínimo ante mi anuncio. Llevaba un grueso cárdigan gris y, de repente, echó mano al bolsillo y sacó un chicle. Lo desenvolvió y se puso a mascar. Era la viva imagen de un rumiante.

—Estamos tras la pista del asesino de su hijo Salustio y necesito preguntarle algo de gran interés para nuestra investigación.

Daba la impresión de no estar escuchándome, así que quise cerciorarme:

—¿Me oye, está dispuesta a responder?

Una mirada fugaz me hizo pensar en un asentimiento.

—¿Su hijo tenía novia, le había hablado alguna vez de que saliese con una chica?

Aparcó el chicle a un lado de la boca y con voz cascada contestó:

—Mi hijo era árbitro de fútbol, pero ahora ya no.

Esperé más palabras que no llegaron.

—Lo sé, sé que era árbitro de fútbol y también sé que ha sido salvajemente asesinado. Estoy aquí para encontrar al culpable. Por eso es muy importante que me diga si él le comentó alguna vez que tuviese una novia o una chica con la que salía habitualmente.

—Mi hijo era muy bueno y era árbitro de fútbol, pero ahora ya no lo es. Lo malo es que ahora ya no es bueno ni malo porque ya no está. Así es la vida.

¡Dios, aquella mujer estaba como un cencerro! Hice una última intentona:

—Ese tipo de cosas se comentan con una madre, quizá le dio un nombre, le contó en qué trabajaba su chica. ¿Lo recuerda?

Se inquietó, puso cara de pocos amigos y dijo:

—Quiero irme ya.

Convencida de que no lograría sacarle nada más, me puse en pie para ayudarla a levantarse.

—Espere, llamaré a la cuidadora.

En cuanto me oyó decir eso hizo algo sorprendente. Se sacó el chicle de la boca, arremangó las faldas de la mesa camilla y lo pegó en la parte inferior de la mesa. Era una niña que no quería que la pillaran en algo prohibido. Me compadecí de ella, de aquella mente extraviada y aquel cuerpo marchito. Se puso en pie y con paso bastante firme se dispuso a salir de la habitación.

Nada, nada obtuve de aquella testigo que en verdad no lo era, su único testimonio era la desolación. Así se lo conté al subinspector con el ánimo por los suelos. Sin embargo, él venía con algún dato que lo hacía sonreír.

—¿Qué ha encontrado?

—Poco, pero por lo que me cuenta, algo más que usted.

La vecina que vivía en el piso de enfrente al de Salustio había aludido a una nota que un día encontró pegada a la puerta de la víctima. Después de jurar veinte veces que no era una cotilla, y que sólo leyó la nota porque el texto saltaba a la vista, le dijo al subinspector su contenido: «Salustio: hoy no podré venir. Nos vemos mañana a las cinco, donde siempre. Firmado: Lupita».

—Como el cabrón de él no tenía móvil, la chica tuvo que ir a su casa para cambiar la cita —exclamó mi compañero con un punto de euforia—. O sea que la novia existe.

—Existe, pero ¿dónde?

—Pues que ya tenemos algo que buscar.

Aquella noche habíamos quedado con unos amigos para cenar en un restaurante del centro al que solíamos ir. Eran unos amigos a quienes Marcos y yo hacía tiempo que no veíamos y me apetecía de verdad charlar con ellos. Sin embargo, una vez consumido el primer plato, me llamaron al móvil. En cuanto la persona se identificó, me levanté y me retiré de la mesa. Se trataba del dueño de La Escuadra.

—¿Inspectora? No sé si lo que voy a decirle tiene interés para la poli, pero el caso es que hoy ha pasado por mi bar un tipo que es entrenador de un club de fútbol juvenil y hemos hablado del asesinato de Salustio. No sé cómo, el tipo ha comentado que a veces iba a ver los partidos de su equipo acompañado de su novia, y como usted me preguntó varias veces por la novia que yo nunca vi...

—¿Dónde puedo encontrar a ese hombre?

—Entrena a los chicos a primera hora de la mañana en un campo comunitario que está en casa Dios. Yo creo que si va sobre las siete o las ocho, lo encuentra allí. Si tiene algo para apuntar, le digo la dirección.

Volví a la mesa y, con aire enloquecido, pedí un bolígrafo y un papel. Después de haber garabateado los datos a toda velocidad, me quedé mirándolos a todos con la mente ya lejana del presente. Por mucho que lo intenté ya no pude disfrutar de la comida, la compañía o la conversación. Creo que era clamoroso mi gesto ausente porque nuestra amiga preguntó:

—¿Estás trabajando en un caso importante, Petra?

—Estoy inmersa en el mundo del fútbol.

—¡Ah, eso es sinónimo de dinero y glamur! —respondió ella, y no la quise contradecir porque hacerlo implicaba tantas explicaciones y tanto derrumbamiento de falsas ideas que no valía la pena ni empezar.

Concluida la cena, llamé a Garzón y lo cité a muy tempranera hora el día siguiente. Confesó hallarse medio dormido en un sofá y ni siquiera me preguntó qué íbamos a hacer. Antes de meterme en la cama comprobé que mi marido me miraba con reproche:

—Otra cena abortada. ¿No podrías dejar el móvil en casa cuando salimos?

—Sabes que no, Marcos, sabes que no.

Advirtió un cansancio tan profundo en mi voz que me plantó un paternal beso en la nariz y me dejó en paz.

El que no estaba para besos al día siguiente era el subinspector. Levantarse a las seis de la mañana había supuesto un trauma para él, y mientras íbamos en coche hacia el campo comunitario que, efectivamente, estaba en casa Dios, no paraba de rezongar:

—¡Hay que joderse, Petra! ¿No podrían entrenar los chavales a otra hora más decente?

—Se supone que a partir de las nueve tendrán otras ocupaciones: estudiar, trabajar... Es loable que sacrifiquen horas de sueño para practicar un deporte.

—¡Y una leche! Todos estos desgraciados juveniles sólo piensan en que algún equipo grande los seleccione y los convierta en grandes figuras. Así tendrán lo que ambicionan de verdad: dinero fácil, fama, chicas... Esto del fútbol no es un deporte, sino un engañabobos para niños de clase humilde.

No le contesté porque yo, en el fondo, pensaba exactamente igual. Así que cuando llegamos y vi a todos aquellos muchachos entrenando en el campo cutre con un frío de mil demonios, no pude sino compadecerlos. Nos acercamos al que debía de ser el entrenador, un sesentón con barriga cervecera que iba envuelto en un grueso anorak. Nos presentamos y lo pusimos al corriente de la situación. Enseguida dio indicaciones a los jóvenes para que, practicando sentadillas y circuitos de carrera, siguieran con el ejercicio mientras él nos apartaba hacia un rincón.

—¿Era usted amigo de Salustio? —quiso saber Garzón para empezar.

—A ver, amigo, amigo... Salustio era hombre de pocas amistades; pero nos conocíamos, sí. Él venía a este campo porque de joven había entrenado aquí. Quiso ser futbolista en sus tiempos, pero ya ve, no pasó de árbitro de tercera.

—¿Venía con su novia?

—Pues sí, desde hacía casi un año venía con una chica y veían los dos el partidillo que organizábamos contra otros juveniles.

—Es muy importante que me diga todo lo que recuerde sobre esa chica.

—Era más joven que él, mejicana. Había venido a España a trabajar.

—¿Sabe dónde trabajaba?

—¡Uf! —resopló—. Me dijo que había estado de limpiadora en un gimnasio, pero que ahora era camarera en una cadena de esas que sólo sirven desayunos y cafés, pero del nombre de la cadena no me acuerdo.

—¿Se llamaba Lupita?

—¡Sí, Lupita, eso es!

—Lupita ¿qué más?

—¡Ni idea, inspectora! No piense que yo hablaba mucho con ellos. Un día me la presentó porque yo me acerqué a las gradas donde estaban sentados. Me llamó la atención que Salustio estuviera con alguien. Luego a veces los veía a lo lejos, les levantaba la mano para saludarlos y ya está.

Bueno, habíamos estrechado un poco el círculo en el juego eterno del *cherchez la femme*, pero Garzón seguía estando de un humor perruno.

—¡Joder!, ponte ahora a buscar empleadas mejicanas en una de esas cadenas que son una mariconada total. Si por lo menos fuera una cadena de bocadillos de chorizo...

En Barcelona había cuatro cadenas de cafeterías. Pasamos el resto de la mañana yendo de una a otra entre las quejas del subinspector que, para mi sorpresa, sólo se permitió un simple café y sacó de su bolsillo una barrita energética como todo acompañamiento. Era evidente que había asumido su «minusvalía» temporal, por eso debía de estar tan nervioso. En la tercera cadena el nombre de Lupita sonó por fin. El encargado nos dijo que una Lupita Barrios, de nacionalidad mejicana, trabajaba en la cocina. Fue a llamarla y apareció ante nosotros una chica de no más de treinta años, morena y poco atractiva. Comprobar su gesto de espanto al vernos nos demostró que habíamos encontrado por fin a *la femme*. Recalcando que no estaba detenida, nos la llevamos con nosotros para poder interrogarla en nuestro terreno.

En cuanto pisó el suelo de la comisaría se puso a llorar. Le ofrecimos una taza de café, como siempre se hace en estos casos, y la aceptó. Entre pequeños sorbos acertó a decir:

—En los días en que mataron a Salustio yo estaba en Madrid. En la cadena nos mandan una semana cada año a los cocineros para hacer un cursillo con las novedades que vamos a presentar: cruasanes rellenos, pastas saladas, cosas así. Compruébenlo, por favor.

Garzón se puso en pie y fue a comprobar la coartada. Yo me largué al pasillo para que la chica acabara de serenarse. Tras un escaso cuarto de hora volvió mi compañero asintiendo con la cabeza. Entramos de nuevo y me lancé a por todas:

—¿Quién mató a Salustio Rodríguez? —pregunté.

—Su mamá —respondió la chica sin dudarlo un instante. Nuestra cara de incomprensión absoluta la animó a continuar—. Su mamá es una mujer muy odiosa que nunca quiso a su hijito y siempre lo maltrató.

Puse ambas manos a modo de parapeto y le hice concretar:

—Empecemos por el principio, Lupita. ¿Usted sabe que la madre de Salustio está internada en una residencia?

—Pues no, pues no... —objetó con su gracioso acento mejicano—. Está allí, pero puede salir.

—Esa mujer no está en condiciones de valerse por sí misma —intervino Garzón.

—Igual hizo una comedia para ustedes, para que no llegaran a sospechar. Es muy mala malísima esa señora, créanme.

Decidí dejar que hablara.

—A esta señora que es monstruosa le nació Salustio cuando era soltera. Salustio no conoció a su papá. Toda la vida lo tuvo cogidito por las pelotas, y ustedes me perdonarán esa expresión tan vulgar. Sólo quería de él que llegara a ser un futbolista famoso que la hiciera rica a ella, y para eso lo mandó a entrenar desde que era chiquito. Lo machacó bien machacado, créanme. No le dejaba tener amigos, ni mujeres. Al pobre Salustio lo hizo un desgraciado de la cabeza a los pies. Y luego se frustró, porque el pobre no tenía condiciones de jugador. Gracias al Cielo y a la Virgen que me conoció a mí cuando era limpiadora y nos teníamos un gran amor y cariño. Pero él estaba siempre achicopalado, y no se atrevía a contárselo a su mamá. Hasta que un día se lo dijo y se armó la revolución. La señora me quería matar, matar talmente. Le prohibió que me viera más. Salustio estaba enrabietado con ella, pero al mismo tiempo seguía bajo su zapato. ¿Entienden a lo que me refiero? Al final, me dijo que me dejaba, pero a la mamá no se lo perdonó y la metió en esa residencia y tiró el celular para que no lo llamara. Ella se la juró ahí, aunque se veían cada domingo porque él era un buen hijo y un alma de Dios. Y con el tiempo empezamos a quedar otra vez. ¡Estoy segura de que se lo volvió a contar y allí ella lo acabó de una puñalada!

Garzón y yo estábamos aturdidos después de haber escuchado aquel culebrón mejicano. Nos miramos, intentando reaccionar. Él lo consiguió primero.

—Si tan segura está de lo que dice, ¿por qué no acudió a la policía al enterarse del crimen?

Se echó a llorar otra vez con desconsuelo, y ahora ni siquiera teníamos el recurso de ofrecerle café.

—Me enteré leyendo el periódico gratuito que dan en el metro. ¿Qué querían que hiciera? Lo único que tengo es mi trabajo. Mando dinero a mi país y mantengo a mis hermanos. A la mínima que tengas algo que ver con la policía te echan a la calle, aunque no seas culpable de nada, ya vieron la cara que puso mi jefe cuando se me llevaron. Y total, ya nada iba a devolverme a mi pobre Salustio, al único amor de mi vida. Pero ahora ya he cambiado de opinión y ándele que cojan a esa tiparraca, que yo voy al juicio para testificar. ¡Cómo no!

—Tranquilícese. El subinspector Garzón la acompañará de nuevo a su lugar de trabajo y hablará con su jefe para indicarle que sólo es usted una testigo.

Cuando salieron me quedé pensativa. Lo que había contado la chica no dejaba de ser un dramón en tres actos tirando a inverosímil. Y, sin embargo, ¿por qué no? Si había convertido su odio en conjeturas, mal; pero al menos su historia amorosa con aquel pobre tipo sonaba a verdad. Por no hablar de la madre que ejerce la posesión de un hijo más allá de lo razonable. Pero hacían falta pruebas, como sucede siempre, ¡siniestra fatalidad del policía!

Mi compañero volvió cariacontecido:

—¡Pobre chica, no ha parado de llorar en todo el trayecto! ¡Vaya vidas hay por el mundo!, ¿eh, Petra? Ahora me siento culpable por todo el pollo que he montado con mi colesterol. Total, ¿qué importancia tiene comerse un chorizo más o menos frente a esos casos de dolor y soledad?

—Me alegro de que esa reflexión filosófica le lleve a poner su alma en paz con los chorizos, pero me gustaría saber qué opina de todo esto, hablando de lo estrictamente policial.

—Le aseguro que no sé qué pensar. Habría que partir de la hipótesis que hace Lupita y ver si es posible o no.

—Eso mismo pienso yo. Vamos por partes. Busque la partida de nacimiento de Salustio y compruebe si es hijo de madre soltera. Yo volveré a la residencia y preguntaré a la directora si el día de autos la señora Rodríguez salió sola o si fue su hijo a buscarla.

Llevamos a cabo esas diligencias con frutos desiguales. Garzón volvió del registro corroborando la versión de la mejicana, y en cuanto a mí..., la directora de la residencia se puso como una fiera cuando le pregunté. Me respondió con indignación contenida: «No llevamos registro de cuándo salen nuestros huéspedes, inspectora. Esto no es una cárcel». Punto final, porque aunque le rogué que se informara de si alguien de entre los trabajadores recordaba esa circunstancia, nadie dio ni un simple dato.

—Estamos como al principio —dijo un desfondado Garzón.

—Si estamos como al principio hay que hacer las cosas que al principio no hicimos pensando que las habían hecho los compañeros.

—¿Como por ejemplo?

—La inspección ocular del piso de Rodríguez.

—Usted lo ha dicho: ya la hicieron nuestros compañeros.

—De acuerdo, pero ahora nosotros tenemos algo que ellos no tenían: una sospecha.

Caía la tarde cuando entramos en el piso de Salustio. Era un horror: pequeño, oscuro, con muebles viejos, no demasiado limpio... Por si faltaba algún detalle cutre, el tipo había cubierto las paredes con pósteres llamativos de futbolistas en acción.

—¡Vaya antro! —exclamé.

—Está claro que el dinero que mueve el mundo del fútbol no ha pasado por aquí. De todos modos, inspectora, nuestros hombres ya hicieron una minuciosa inspección de este antro, como dice usted, y no encontraron nada que...

—Busque por debajo de todos los muebles, Garzón: la mesa de comer, los sillones, aquella mesita auxiliar...

Si el subinspector hubiera sido un perro, hubiera torcido la cabeza y levantado las orejas en señal de incomprensión, pero no rechistó. Me puse inmediatamente a la misma labor que le había ordenado y, quizá porque yo sí sabía lo que estaba buscando, bajo la mesita auxiliar lo encontré. Me puse un guante de látex, saqué una bolsita y allí metí el chicle que estaba pegado a la madera.

—¿Qué coño es eso? —inquirió mi compañero.

—Un chicle mascado.

—¿Y...?

—La madre de Salustio siempre está con un chicle en la boca y cuando lo desecha, lo pega bajo un mueble.

—¡No joda! ¿Y eso qué importa? Las huellas de la madre estaban por todas partes, porque era la única que entraba aquí con asiduidad, eso no constituye prueba inculpatoria alguna.

—Puede que no, pero no olvide que tenemos una Policía Científica muy eficiente. Ellos nos dirán cuándo se masticó este chicle por última vez y si coincide con la fecha en la que Salustio fue asesinado...

La Científica nos dijo que podía hacer una aproximación muy certera tras al menos un día de observación. No fue preciso esperar más. El informe era claro: aquel tipo de goma endurecía a una velocidad determinada y se podía determinar que había sido masticado por última vez en la fecha de la muerte, un día antes o un día después. Cuando les facilitáramos a los compañeros una muestra orgánica de la madre de Salustio, ellos sacarían pruebas de ADN.

Para mí ya no eran necesarios más detalles, pero buscar una muestra orgánica de la señora Rodríguez para compararla con la saliva del chicle era una excusa fantástica para ir a visitarla una vez más, quizá la última.

Garzón no veía las cosas tan prometedoras como yo. ¿Por qué debíamos hacer caso de las corazonadas de una chica mejicana que ni siquiera se había presentado ante la policía cuando murió su enamorado?

—Porque todo lo que contó es plausible, Fermín. Y además no olvide que nos movemos en el mundo del fútbol.

—¿El fútbol? Si no me lo explica mejor...

—Un forofo rabioso por la actuación de un árbitro en contra de su equipo es un sospechoso convincente; pero existe un prototipo mucho más canónico: el del padre que espera que su hijo sea una estrella internacional. Voy a contarle algo: en un par de ocasiones he acompañado a mi hijastro Hugo a una competición escolar de fútbol porque ese sábado su padre no podía ir con él.

—¿Y...?

—Y allí tuve ocasión de presenciar uno de los espectáculos más salvajes y repugnantes del mundo. Los padres de los niños asistentes al encuentro jaleaban a sus retoños de manera furibunda, inmisericorde, brutal. Yo los veía babear de enojo o de pasión y me preguntaba de dónde habían salido aquellos tipos y cómo era posible que sometieran a los pequeños jugadores a semejante presión. Era horrible: protestaban ante el árbitro, querían matar al niño que cometía alguna falta sobre su hijo, soltaban espumarajos si su propia criatura fallaba un penalti o encajaba algún gol. Deprimente, créame. Tanto es así que acabé diciéndole a Marcos que nunca más me buscara como acompañante del pequeño jugador. Odio el fútbol, Garzón.

—Pero todos esos bárbaros se desactivan cuando concluye el encuentro. ¿Una madre mataría a su propio hijo por no ser buen deportista?

—Una madre soltera, pobre, abandonada de la suerte y un poco pirada mataría a su hijo por ser un fracasado si ese fracaso la condenara a no tener esperanza nunca más.

—Pero Salustio tenía ya cierta edad, la señora podía habérselo cargado bastante antes, debía de estar muy claro que el sujeto carecía de condiciones para jugar.

—Ahí entra la mejicana en la historia. La señora Rodríguez hizo de su hijo un desgraciado, un desecho emocional; pero consiguió tolerar su fracaso mientras lo tuvo bajo su bota. Sin embargo, de repente aparece una mujer y Salustio no sólo se enamora de ella, sino que se enfrenta a su madre y la manda a una residencia a vivir. Demasiado para esa mujer.

—Dudo mucho que un chicle, por más mascado que esté en las fechas del asesinato, nos sirva de prueba concluyente para empapelar a esa anciana.

—Vamos a hacer algo que va más allá, subinspector, vamos a hacerla cantar.

—¡Dios, no se me ocurre cómo va a hacer cantar a una mujer que no está en sus cabales y que vive en un hogar de la tercera edad!

—Pues a mí sí.

Quedamos para el día siguiente y lo organizamos todo tal y como me pareció la mejor opción.

Las cosas no empezaron bien, porque cuando la directora de la residencia me vio acompañada insistió en que estuviera presente el psicólogo en nuestra «reunión». Tuve que ponerme firme, ponerla a ella también, destapando en parte las cartas que me disponía a jugar.

—Directora, creo que existe una pequeña confusión. No venimos aquí para traerle bombones a la señora ni hacerle un rato de compañía. Somos policías y estamos cumpliendo con nuestro deber.

—En ese caso, espero que traiga una orden del juez.

—¿De verdad quiere que traiga una orden del juez? Si es así, la traeré y detendré cautelarmente a la señora Rodríguez para que venga a declarar a nuestras dependencias. Usted verá.

Lo pensó mejor y nos dejó pasar. La anciana estaba en su habitación y no se alteró lo más mínimo al vernos. Me puse frente a ella, Garzón se quedó dos pasos atrás.

—Señora Rodríguez, sabemos que fue usted a ver a su hijo hace poco y que, aprovechando esa ocasión, lo mató. Es así, ¿verdad?

Acentuó su aire de ausencia para decir:

—Yo no quería que mi hijo fuera un árbitro.

—Eso también lo sabemos, usted aspiraba a que fuera una estrella del fútbol, pero le fallaron los planes. ¿Qué pasó esa tarde para que se sintiera capaz de asesinar a su propio hijo?

Se puso a mirar por la ventana y empezó a tararear una imprecisa canción. Me impacienté, hice un gesto al subinspector. Él, inmediatamente, abrió la puerta y entró Lupita, que esperaba en el pasillo. En cuanto la vieja le puso la vista encima se levantó con brío y su rostro se cubrió de una sombra siniestra:

—¿Qué hace esta aquí?

Yo no había contado con la reacción de la mejicana, que se acercó a la vieja, la cogió por el grueso jersey que llevaba y empezó a zarandearla.

—¡Mataste a mi amor, bruja horrible, lo mataste y me dejaste muy sola en el mundo!

Saltamos sobre ella para inmovilizarla, aunque comprobamos con sorpresa que la anciana había apartado sus manos de ella con una fuerza inusitada.

—¡No era tu amor, no era nada tuyo, nada! —gritaba briosamente.

Si aquel enfrentamiento no hubiera incluido violencia física, hubiera dejado que se desarrollara hasta el final. Confié en que, sujetando a Lupita, las invectivas dialécticas siguieran su curso, como así fue.

—¡Me quitaste a mi hijo, me lo robaste!

—Usted odiaba a Salustio, lo maltrataba, pensaba que era un fracaso y una desgracia tenerlo como hijo. ¡Nunca le dejó vivir en paz, ser un hombre hecho y derecho!

La señora Rodríguez volvió a sentarse, suspiró, se recolocó la ropa. Lupita había empezado a llorar. De repente, la vieja soltó:

—Sí, yo lo maté. Ya no podía más. No dormía por las noches pensando que yo estaba encerrada aquí y que él se restregaba en la cama contra esa zorra.

Lupita emitió un grito agudo, forcejeó para librarse del nudo del subinspector. En ese momento, el psicólogo irrumpió en la habitación:

—¿Qué demonio pasa aquí?

Vi la ocasión de llevar a cabo una jugada maestra. Tomé a Lupita fuertemente por los hombros y se la pasé al psicólogo:

—Procure tranquilizarla —dije. Los empujé a ambos fuera de la estancia y cerré la puerta. La vieja se reía en voz baja, feliz—. Y ahora, procuremos tranquilizarnos nosotros también —añadí—. ¿Es cierto lo que ha confesado, señora Rodríguez, mató usted a Salustio?

La mujer recuperó su gesto de lejanía, volvió a canturrear. Pensé que todo había sido en balde, pero de pronto silabeó muy despacio:

—Sí, yo lo maté. Fue fácil porque él no lo esperaba. Me rebajé y le pedí que me dejara volver a vivir con él, aunque fuera con la zorra, los tres juntitos en la casa. Me dijo que ni hablar, ni hablar, que esa historia no se la iba a joder. ¡A joder! —canturreó de nuevo, cerró los ojos, prosiguió—: Toda la vida cuidando del crío, toda la vida arrastrándolo detrás de mí, matándome a trabajar y me dice que yo le jodía sus amores. Fue muy fácil: me metí en la cocina, cogí un cuchillo afilado, me puse delante de él y se lo clavé. Me quedé allí esperando a que se desangrara. Cuando estuve segura de que se había muerto, volví a la residencia.

—Cojones... —musitó Garzón. Preguntó—: ¿Qué hizo con el cuchillo?

Rio por lo bajo, como una enajenada, y respondió:

—Lo enterré en el jardín.

—¿En el jardín de esta residencia?

—Sí.

—¿Recuerda dónde?

—Sí.

—¿Puede enseñarnos el lugar?

—Sí.

Sin necesidad de darle ninguna indicación, se puso en pie pesadamente, echó a andar. Miré enseguida que el pasillo estuviera despejado, en ese momento no podíamos enfrentarnos a otra escena de culebrón. Poco a poco avanzamos hacia el jardín. Me debatía entre el impulso de ayudar a la anciana a caminar y la profunda repugnancia que me inspiraba tocarla. Si sólo hacía unos días había sido capaz de salir de la residencia, tomar un autobús y asesinar a su hijo de un golpe fuerte y certero, ¿por qué ahora se movía con tanta dificultad?

Nos llevó hasta un parterre donde había plantadas tres palmeras enanas. Señaló un punto entre las tres. En efecto, la tierra se veía removida. No resultó complicado sacarlo de allí. Un cuchillo de buenas dimensiones. Sin rozarlo apenas, lo envolvimos en pañuelos de papel.

—Vaya a recuperar a Lupita. Dígale a la directora que la señora Rodríguez no puede salir de la residencia ni recibir visitas —le pedí a Garzón.

La mujer tarareaba siempre la misma música extraña, sonreía, miraba hacia las copas de los árboles.

—Quiero que llamen a la televisión, quiero contarles lo que les he dicho a ustedes, que lo sepa todo el mundo. En los partidos que arbitraba mi hijo siempre me insultaban a mí: «¡Hijo de puta, hijo de puta!». Bueno, pues ahora sabrán lo que ha hecho la puta. —De repente murmuró—: Tengo sueño, mucho sueño —y se dejó deslizar hasta el suelo.

Garzón intentó sujetarla, pero no fue preciso, varios miembros del equipo sanitario se acercaban ya.

Lupita se había marchado, no quería que la acompañáramos arriesgándose a que nos viera el encargado de la cafetería. El subinspector y yo íbamos en el coche, el uno junto al otro, en silencio.

—Caso resuelto —dije quedamente.

—¡Vaya caso de mierda! Además, no se haga ilusiones, esa mujer no está bien de la cabeza. Y aunque lo estuviera, dudo que ningún juez la considere juzgable.

—Pues lo siento, porque aunque no pague por la muerte de su hijo, debería pagar por lo que le hizo en vida, entonces sí estaba cuerda con toda seguridad.

—Eso no está penado por la ley, Petra.

—Lo sé, Fermín, lo sé; esa es una de sus limitaciones.

Aquella noche venían los hijos de Marcos a cenar. Cuando llegué a casa, Marina ya estaba allí, haciendo los deberes en su habitación. Marcos y yo tomamos una copa y comentamos cosas banales sobre el decurso del día. Por fin le confesé:

—Hemos resuelto el caso del árbitro.

—¡Ah!, ¿quién era el asesino?

Cuando iba a responder me di cuenta de que Marina estaba en el quicio de la puerta. Tenía una habilidad especial para aparecer y desaparecer como un trasgo. No dije ni una palabra más, pero fue ella quien preguntó:

—¿Quién era el asesino, Petra?

—Un malhechor.

—Pero...

—Pero nada, un malhechor es un malhechor y punto final. Ayuda a tu padre a poner la mesa antes de que lleguen tus hermanos.

Se fue inmediatamente, de mal humor. Me daba igual, no pensaba contar en su presencia algo tan escabroso como lo que acababa de descubrir: madres castradoras, hijos desgraciados...; no me parecían temas propios para una menor.

Preparamos la cena mi marido y yo, procurando no tocar de nuevo temas policiales. A las ocho en punto llegaron Hugo y Teo, discutiendo entre ellos, como siempre.

—Hace una hora que podía estar en casa... —protestaba Teo—. Pero tengo que esperar a que el señorito vuelva de su entreno.

—Más te valiera practicar algún deporte tú también —replicaba Hugo.

—¿El fútbol es un deporte?

—¿Pues qué piensas tú que es?

—Una horterada de mil demonios.

—¡Sí, claro, algo demasiado basto para ti! Para ti mejor la esgrima, o la petanca.

—¡Ya es suficiente! —clamó Marcos—. Tenéis cinco minutos para lavaros las manos y sentaros a la mesa.

Cuando estaba sirviendo los platos, Marina dijo:

—No he hablado en todo el rato porque estoy enfadada.

Nadie le preguntó la razón de su enfado, así que ella siguió tras una pausa:

—Y estoy enfadada porque Petra no quiere contarme quién asesinó al árbitro.

Cuatro ojos hambrientos se fijaron en mí. Continué comiendo como si nada.

—¿Eso es verdad? —preguntó Teo.

—Sí —respondí escuetamente—. No me gusta hablar de trabajo mientras ceno.

—Bueno, da lo mismo; lo buscaremos mañana en internet.

—Por mí podéis buscarlo debajo de las piedras, pero no pienso decir nada. Hablemos de otra cosa.

—¿De fútbol, por ejemplo? —lanzó Teo su ironía mortal.

—De fútbol, ni una palabra —dije muy taxativa.

—Entonces no sé de qué vamos a hablar —se lamentó Hugo.

—Yo os lo diré —tomó el mando su padre—. Hablaremos de música clásica, y como sois una panda de incultos que de eso sabe poco, espero que podamos cenar sin oíros. ¿Estás de acuerdo, Petra?

—Por completo.

—Muy bien. ¿Qué opinas de la Quinta de Beethoven, querida?

—Gloriosa.

—¿Y de las sonatas de Chopin?

—Sutiles a más no poder.

—Perfecto, así vamos bien.

Pudimos cenar en paz.

Vinaròs, marzo de 2016

Un auténtico viaje

Aquel extraño caso propició una intensa conversación con mi ayudante, el subinspector Garzón. Nunca solíamos opinar lo mismo sobre nada, y en esta ocasión no hubo diferencia. Yo detestaba viajar y a él le gustaba. Para mí, viajar había perdido cualquier halo romántico que hubiera podido tener en el pasado. De joven llegó a entusiasmarme visitar otros países; después, la decepción reincidente me apartó de más intentos. No quiero decir con eso que los lugares en los que estuve no fueran bellos o interesantes; lo que frustró mis expectativas estaba relacionado con el modo de viajar. Quizá había demasiadas lecturas y fantasías en mi mente: trenes que cruzan las estepas siberianas mientras yo, pegada a la ventanilla, leo un libro y levantando la vista ojeo los paisajes desolados... y todo ello acompañado, naturalmente, de un sorbito a mi copa de champán de vez en cuando. La realidad, a medida que ha ido pasando el tiempo, me ha demostrado que un viaje no tiene nada que ver con tan idealizadas experiencias. Viajar se ha convertido en algo masivo y vulgar: aeropuertos atestados donde te tratan como en un transporte bóvido, colas, grupos de turistas que invaden los rincones y un señor gordito que, sentado a tu lado durante todo el trayecto, no hace más que resolver sudokus y zamparse cualquier alimento sintético que le ofrezca la azafata. Un vía crucis sin sentido, para que cuando llegas a destino, por más alejado que este se encuentre, te veas rodeado de compatriotas que por poco no viven en tu misma calle.

Fermín Garzón, como digo, no era en absoluto de mi parecer. Como había ascendido de clase social por su matrimonio con Beatriz, su segunda esposa, los viajes eran para él una novedad. Y los disfrutaba con entusiasmo.

—Es usted una ceniza total, inspectora —me soltó aquel día—. Yo creo que viajar es algo que abre el espíritu y aporta conocimientos. Y si no le gusta el avión, no tiene más que ir en barco. Con Beatriz hemos hecho algunos cruceros deliciosos. Imagínese que va en una nave enorme donde hay de todo y todo es posible. Puede cenar en varios restaurantes distintos, tomar el sol en cubierta, asistir a fiestas... Yo siempre lo he pasado genial.

—Una pesadilla.

—¡Tonterías! Tampoco un viaje aéreo es tan espantoso. Sigue pareciéndome algo insólito bajar del avión y ver lo lejos que estoy de casa en tan sólo unas horas. El año pasado estuvimos en Santo Domingo. ¡Pura magia al bajar y comparar aquellos paisajes paradisiacos con la superpoblada ciudad de Barcelona! Estuvimos quince días en un hotel de la playa sin salir ni un minuto de la zona. Piñas coladas al borde del mar, música salsera, ¡una barra de bar donde te sientas a tomar copas con el agua a la cintura! ¡Ah, fue estupendo! Desconecté tanto del trabajo que cuando a la vuelta vi al policía Domínguez en la puerta, creí que había sufrido una alucinación.

—Tratándose de Domínguez es comprensible —respondí.

No me atreví a decirle que donde él había disfrutado de una playa de ensueño, yo hubiera pasado toda la estancia pensando en las condiciones miserables en las que debían de vivir los habitantes del país. Mucho menos osé comunicarle la imagen que se me representaba de aquel bar medio sumergido que tanto parecía gustarle: un montón de gringos jubilados poniéndose ciegos de un alcohol que soportaban mal.

La verdad es que no comprendía cómo nos había dado por aquellas divagaciones teorizantes mientras íbamos en coche al lugar de los hechos. Cierto que el caso que nos habían encomendado tenía que ver con los viajes, pero había que descender muchos peldaños desde aquellos aviones transatlánticos o barcos de lujo para emplazarse en lo que iba a ser nuestra inmediata realidad. El viaje en cuestión no se extendía más allá de Barcelona a Gerona, y se había producido en autobús. Nula aventura, nulo glamur.

Una pasajera, estudiante de Medicina por más señas, iba a pasar el fin de semana con sus padres en Gerona. Cargó su maleta en el autobús, bajó en la primera parada de la ciudad y se quedó horrorizada al llegar a casa y abrir su equipaje. ¿El motivo? Contenía el cadáver descuartizado de un hombre envuelto en bolsas de basura. No estaba mal como impedimenta. El padre de la chica llamó a la policía porque ella había sufrido un auténtico choque emocional. Poco más sabíamos en aquellos momentos. Cuando aparcamos frente al domicilio de la familia, el comisario Coronas, el inspector Becerra de la Científica y el juez de instrucción nos dieron más datos en un aparte.

—La cosa pinta borrosa, señores —comenzó nuestro jefe—. Faltan la cabeza y los pies, pero todo indica que se trata de un hombre joven. He dado orden de que trasladen los restos al Anatómico Forense de Barcelona, los hechos tuvieron que pasar en la capital.

—¿Hay alguna explicación de esos hechos? —pregunté.

—La chica sostiene que alguien le cambió la maleta, al parecer la suya es exactamente igual.

—¿Y eso puede ser verdad? —quiso saber el subinspector. Coronas se encogió de hombros.

—El sistema del autobús ya saben cómo es: el chófer abre el gran maletero lateral cinco minutos antes del embarque. Los pasajeros van metiendo su equipaje allí sin que nadie lo controle. Suben por la puerta delantera, donde compran su billete si no lo tienen ya. En el destino cada uno recoge sus maletas sin más comprobaciones.

—Sería factible un cambiazo, pero por muy iguales que fueran las maletas, la chica hubiera debido notar que la que recogió pesaba más que la suya. No creo que llevara en ropa o enseres el equivalente a un cuerpo humano —arguyó Fermín Garzón.

—No sólo eso... —intervine—. Si alguien quería deshacerse de un muerto por ese sistema, ¿para qué dar un cambiazo? Podía haber dejado la maleta allí y largarse por las buenas. O incluso para no levantar sospechas, podía viajar y luego bajar rápido sin recogerla. Además, ¿de qué manera pudo saber que la chica llevaría una maleta igual que la que él empleó para meter el cadáver?

Coronas, como si hubiera sido un autómata programado para hacer siempre los mismos movimientos, volvió a encogerse de hombros.

—Todo eso se lo dejo para ustedes. El deber de un buen jefe es repartir marrones para que se los coman los subordinados.

—Pues nos deja bien alimentados esta vez, comisario —rebufó Garzón.

—Es lo que hay. He dispuesto que toda la investigación se lleve desde Barcelona. Harán los viajes que sean necesarios hasta aquí. La chica, que por cierto se llama Marta Marzá, no podrá abandonar el país mientras duren las pesquisas. De momento, pasará dos días en las dependencias policiales. Hagan ahora un primer interrogatorio general. Cuando acaben, una patrulla la trasladará hasta Barcelona. ¡Ah, y nada de declaraciones a la prensa! Ya saben que una ciudad pequeña como Gerona es una caja de resonancia brutal que debemos controlar. Cuidado también con los padres, están histéricos. ¿Todo entendido?

Garzón esperó a que el jefe se hubiera largado para decir:

—Entender, lo que se dice entender...

Vimos cómo los compañeros de la Científica embarcaban los restos. El inspector Becerra puso mala cara cuando se dirigió a nosotros.

—No he desembalado del todo el fiambre, pero la identificación va a ser cruda. Sin cabeza no hay piezas dentales que reconocer. Encima, he entrevisto una mano en la que me ha parecido ver los dedos magullados. Si le han borrado las huellas..., en fin, ya veremos. Hasta pasado mañana no contéis con resultados; no es lo mismo la res entera que una hamburguesa.

—¡Qué bruto, ¿no?! —comenté viéndolo subir al coche.

—Ya sabe cómo son los de la Científica, Petra, más parecen de un matadero municipal.

El juez también se despidió de nosotros dándonos ánimos.

—Voy a inhibirme del caso en beneficio de un compañero de Barcelona. Y no saben lo contento que eso me pone. Este asunto tiene pinta de ser un espanto.

Garzón y yo nos miramos con resignación. Aún no estábamos solos. Una brigada policial custodiaba a la chica. Cuando acabáramos con ella la llevarían a Barcelona. Todo estaba casi listo para empezar, y ese «casi», ese fatídico «casi», pasaba por el primer interrogatorio y, algo mucho peor, por hablar con los padres de Marta.

Los señores Marzá estaban en el salón de su casa. En contraposición a lo que había dicho Coronas, no se les veía especialmente histéricos, sino más bien abatidos, desorientados. Tenían dos hijos más, que estaban en casa de sus abuelos. El padre era director de la sucursal de un banco. Nos miró con curiosidad y se adelantó un paso para hablarme.

—¿Es verdad que mi hija se encuentra detenida?

No era precisamente un buen comienzo para entablar conversación, pero dije lo que debía y en el tono en que debía decirlo.

—No, señor Marzá, no está detenida. Las circunstancias obligan a que permanezca retenida en estos primeros momentos para que podamos hablar con ella, nada más.

—Voy a avisar a mi abogado. Mi hija sólo tiene veinte años. No pueden interrogarla así como así.

—Puede llamarlo si lo considera necesario, pero en realidad su hija no está acusada de nada por el momento.

—¿Usted cree que una chica de su edad va a matar a un individuo, descuartizarlo y traerlo a su propia casa en una maleta, inspectora?, ¿de verdad eso le parece algo que se pueda siquiera pensar?

—Nadie ha dicho que su hija haya hecho nada semejante; si queremos hablar con ella es para intentar recabar detalles con el fin de averiguar quién ha podido matar a un hombre, meterlo en una maleta exactamente igual a la de su hija y llevarse la de ella.

—Todo esto es absurdo —proclamó Marzá dándose por vencido.

—¿Puedo acompañarla a Barcelona para estar con ella? —preguntó la madre.

—Creo que es mejor que venga ella sola.

—Está muy afectada.

—No se preocupe, una psicóloga la atenderá si es necesario.

Mis palabras buscaban tranquilizarlos, y creo que lo consiguieron en cierto modo. Al menos, me miraron más como a una aliada que como a una enemiga. Les pregunté sobre la familia. Marta era la mayor, la seguía una hermana dos años más joven y el benjamín, que sólo tenía catorce. Se autodefinieron como una familia normal. La madre no trabajaba. Los chicos no eran díscolos ni presentaban problemas de conducta. Cuando quise saber sobre la personalidad de Marta, se tensaron un poco, pero acabaron describiéndola como una chica independiente, sociable, quizá no demasiado estudiosa, pero normal, perfectamente normal.

Quizá el adjetivo *normal* es el más empleado cuando se oyen retratos de asesinos dibujados por la gente que los trata sin saber que lo son. Un clásico, no hay monstruo sanguinario en la historia de la delincuencia universal que no haya sido calificado de *normal* por sus vecinos. Decidí que era mejor enfrentarse a la chica en las dependencias de la comisaría. Garzón dio las instrucciones a los hombres para que la trasladaran en cuanto nosotros hubiéramos salido. Nos incautamos del teléfono móvil de Marta.

En el trayecto de vuelta nuestra conversación sobre viajes fue mucho menos genérica. Nos limitamos a conjeturar sobre cuántas veces más tendríamos que desplazarnos a Gerona. A ninguno de los dos nos apetecía demasiado la idea.

—Nos estamos volviendo comodones, Fermín.

—Porque nos lo montamos mal. El próximo viaje hay que prepararlo con más tiempo. ¿Usted sabe cómo se come en esta tierra? Gerona es cuna de grandes cocineros.

—¿Alguna proposición concreta?

—Pues... ahora que lo menciona, ya es casi la hora del almuerzo.

—¡Hombre, subinspector! Están llevando a esa chica en un furgón, tenemos que interrogarla, nos encontramos en los inicios del caso... ¿No le parece un poco exagerado pararnos a comer?

—No veo por qué va a ser exagerado un acto tan necesario como alimentarse. Llamo a los hombres y les digo que estamos haciendo unas diligencias y llegaremos un rato más tarde. Además, puede que sea mejor que la chica se habitúe a estar en las dependencias policiales antes de hablar con ella. ¿Qué le parece? ¿No es usted la que dice que la gracia de un viaje está en el modo en que se haga? Parar a comer significaría el nuestro de manera muy especial.

Me dejé convencer y saliendo de la autopista paramos en una fonda que mi compañero conocía. Estaba convencida de que mi sentimiento de culpa por aquella pequeña falta de rigor policial arruinaría el placer de la comida, pero me equivoqué. La culpa quedó sepultada en una tumba de finísimas judías verdes salteadas con jamón y bajo una lápida de sabroso buey al oporto. La inscripción funeraria decía: «Aquí yace la culpa, sentimiento aberrante que es el principal enemigo de la mujer».

Con un retraso de un par de horas por las pretendidas diligencias y con la convicción de haber realizado un auténtico viaje gastronómico, llegamos por fin a comisaría. Domínguez nos informó:

—A la chica esa que han traído le hemos ofrecido un bocadillo, pero no ha querido comer nada.

La culpabilidad me dio una ligera dentellada, pero Garzón, que tan bien me conocía, la neutralizó comentando:

—Mucho mejor, así estará con la cabeza más clara para el interrogatorio.

Cuando la tuve delante me pareció estar viendo a su padre. Se parecía muchísimo: ojos claros, nariz ligeramente respingona y el mismo halo de determinación que emanaba de la actitud de Juan Marzá. Estaba seria, pero en ningún caso llorosa o desesperada. Me di cuenta enseguida de que no sabía por dónde empezar a preguntarle. Disparé a todo el objetivo, sin apuntar demasiado:

—¿Cómo explicas lo del cadáver en tu maleta, Marta?

Saltó enseguida, era muy lista:

—¡Esa no era mi maleta! La mía es más vieja, tiene un montón de manchas y de rasguños de usarla. Hace más de tres años que la tengo. La del muerto estaba muy nueva, se ve que la acababan de comprar, no tienen más que mirarla.

—¿Tú no te diste cuenta de esa diferencia cuando la recogiste del autobús?

—No, era por la noche. La saqué del portaequipajes y no me entretuve mirándola.

—¿Qué llevabas tú en la maleta?

—La ropa sucia de la semana, algún par de zapatos, libros para estudiar...

—Estarás de acuerdo conmigo en que un cadáver pesa bastante más que todo eso. ¿No te extrañó cuando la bajaste?

—Un poco sí, pero estaba cansada, deseando llegar a casa para meterme en la cama. Extendí el asa, tiré de ella con las ruedecitas y ya está.

—¿Cómo es posible que no te dieras cuenta? —terció Garzón.

—Estaba agobiada, me había medio dormido en el viaje. Cuando llego a casa los viernes voy muy cansada, acabo de decírselo. Creía que era mi maleta, tiré de ella y en paz.

Contestaba con agresividad, nos miraba con desprecio, como si fuéramos unos imbéciles preguntándole obviedades sin justificación. Volví al principio:

—¿Tienes una explicación para lo que ha pasado?

—¡Pues claro que la tengo! En el autobús había un asesino que se llevó mi maleta por equivocación. Él ahora anda por ahí con mis bragas sucias mientras ustedes me preguntan gilipolleces.

—¿Fue entonces una casualidad?

—¡Pues claro! ¿O creen que me cargué a un tipo, lo corté en trocitos y fui a casa para enseñárselo a mis papás?

—Alguien pudo querer inculparte en un crimen que no cometiste.

—¿Eso es una película que ha visto usted?

Garzón se cabreó:

—¡Haz el favor de hablarle a la inspectora con respeto! ¡No estamos aquí para jugar! Se ha cometido un asesinato y el cadáver estaba en tu maleta.

—¡Esa no era mi maleta! —aulló—. Ya conozco

los métodos de la policía, intentan despistarme para cazarme en alguna contradicción y culparme por algo que no he hecho.

—Si esas son las películas que tú ves, será mejor que cambies de director de cine. —le espetó el subinspector, vengativo.

Tomé las riendas de nuevo, bajé la voz, me serené.

—¿Se te ocurre alguien que pudiera querer perjudicarte, algún enemigo personal?

Intuyendo que se disponía a responder otra baladronada, la atajé:

—Piénsalo bien; es verdad que cualquier cosa que digas puede ser utilizada en tu contra.

Se mordió la lengua e hizo un impetuoso gesto negativo con la cabeza. Yo continué:

—Piensa en tus amigos, en conocidos, ¿tienes novio?

—No tengo novio ni ningún enemigo personal. ¿Con quién cree que trato, con el hampa?

—¿Tomas drogas?

—¡Pues claro que no! ¿Puedo irme a casa ya?

—Está bien. Ahora declararás frente al juez. Él dirá si te puedes ir a casa y en qué condiciones.

Salió, enfadada, casi colérica. Me volví hacia el subinspector:

—¿Usted cree en las casualidades?

—Haberlas, haylas, como las meigas —respondió en plan gallego, y yo sonreí.

Marcos, mi marido, me estaba esperando para cenar. Había preparado una carne al horno, pero aun cuando tenía un aspecto suculento, no quise ni siquiera probarla.

—He comido a mediodía con Garzón, y debo decir que en plan bestia.

—¿Celebrabais algo?

—¡No, qué va! Estábamos regresando de Gerona por un asunto de trabajo y le dio por decir que si hacíamos algo especial, el desplazamiento se convertiría en un auténtico viaje.

—No lo entiendo.

—Una excusa para tragar, ya conoces las debilidades de mi amado colega.

Sonrió y se abstrajo en sus pensamientos, luego exclamó:

—¡Qué suerte tienes, Petra! A pesar de lo terrible de vuestro trabajo, entre el subinspector y tú conseguís construir un espacio personal lleno de cosas originales.

—¿Tú crees? Ni me hables, estamos con un caso espantoso de asesinato, sin móvil, sin sospechosos, sin lógica ni racionalidad.

—Siempre dices lo mismo cuando empiezas una investigación.

Semejante reflexión me dolió. El matrimonio es algo terrible, pensé. Cuando el subinspector demostraba hasta qué punto conocía mi modo de ser, me parecía halagador. Sin embargo, cuando mi marido hacía otro tanto, tomaba sus comentarios como una carga de profundidad: siempre dices lo mismo, haces lo mismo... ¿La convivencia conmigo ya no le aportaba nada nuevo? ¿Era esa la intención de su frase? Probablemente no, tan sólo quería animarme.

Tomé un whisky mientras él comía y estuve a punto de decirle que la víctima del caso estaba cortada exactamente igual que su trozo de carne. Quizá eso me aportara un punto de exotismo a sus ojos, quizá eso no lo hubiera dicho antes en ninguna ocasión. Desestimé la opción en aras de la felicidad conyugal.

Al día siguiente en comisaría me enteré de que el juez había permitido que Marta regresara a su casa, sin ninguna acusación, si bien debía entregar el pasaporte, pues no podía salir del país. Habría que hacer nuevos viajes a Gerona, concluí. La primera inspección de su teléfono mostró muchas llamadas a chicas y chicos, un tal Teo era quien se repetía con más frecuencia. Guardamos el dato, era demasiado pronto para meterse de lleno en ese apartado. Por el momento ya teníamos a nuestra disposición al nuevo protagonista de nuestros interrogatorios: el conductor del autobús. Era el antisospechoso ideal: casi en edad de jubilación, regordete, bondadoso y terriblemente apesadumbrado por lo que había ocurrido en su vehículo. Lo consideraba un desdoro en su hoja de servicios.

—Me quedan siete meses para jubilarme. Nunca he tenido percance alguno, ni un golpe de tráfico, ni una discusión con un pasajero, ni siquiera un borracho que se quedara dormido en las filas de atrás. Y ahora miren: me meten a un tipo hecho picadillo en el autocar.

Daban más ganas de consolarlo que de hacerle hablar. De cualquier modo, todo lo que nos dijo fue desalentador: los billetes no eran nominales, por lo que sólo se podría localizar a los viajeros que hubieran comprado el suyo con tarjeta de crédito en las oficinas centrales. Utilizar ese método de pago en el propio autobús no estaba permitido, sólo admitían *cash*. Encontrar testigos iba a ser muy difícil. Él no era capaz de recordar. No vio cómo nadie cargaba su maleta, ni se fijó en nadie que le pareciera sospechoso y ni siquiera recordaba a Marta subiendo ese día en el autobús, aunque la conocía de haberla visto en muchos viajes anteriores.

—Todos los días hago lo mismo desde hace cuarenta años. La gente sube y baja, les cobro el billete o reviso el que tienen comprado ya. No me fijo ya en nadie, señores, es así.

Estaba compungido, y lo dejamos marchar. Él mismo nos acompañó a las oficinas centrales, donde empezamos a indagar entre los posibles pasajeros del día de autos que pudieran ser localizados. Eran muy pocos, apenas tres usuarios que hubieran utilizado su tarjeta de crédito. Pasamos sus datos a comisaría para su identificación. Fuimos por la tarde al lugar desde donde salía el autobús a Gerona. Preguntamos a todo el que subía. Sólo una señora había viajado el día del macabro hallazgo. No recordaba a nadie sospechoso, no vio a nadie cargando maletas. Un día perdido. Al día siguiente repetimos la operación y lo perdimos también. Es inconcebible, las medidas de seguridad en un avión son severas, las hay en menor medida en el tren y sin embargo cualquiera puede cargar una bomba en un autocar.

Cada uno de aquellos días perdidos, cada santo día, encontrábamos por la tarde al señor Marzá esperándonos en comisaría. Quería noticias de la investigación. Tuve que pedirle que nos dejara trabajar sin presiones. Protestó:

—Les recuerdo que mi hija se encuentra involucrada en todo este asunto. Es una chica muy sensible, muy especial, está sufriendo mucho con esto.

—Encontraremos al culpable, señor Marzá, quédese bien tranquilo.

Garzón me comentó cuando nos lo quitamos de encima:

—Este tío es capaz de ir a soltar burradas a algún programa basura de la tele.

—No lo creo, no da el perfil.

Por fin nos llamaron desde el Anatómico Forense. Los resultados de la autopsia estaban listos. Creo recordar que nos saltamos algún límite de velocidad para llegar antes, tanta era nuestra inquietud, nuestro deseo de encontrar alguna pista a la que aferrarnos. Al salir vimos de nuevo a Marzá sentado en el vestíbulo en actitud de espera. Ya no sólo venía por las noches. Lo ignoramos, no le dijimos ni adiós.

El cadáver no era de un hombre tan joven como al principio se pensó; debía de tener unos cincuenta años. Al pobre tipo lo habían liquidado de varias cuchilladas en el estómago. Le habían borrado con ácido las huellas dactilares. Había muerto cuatro días atrás; es decir, lo liquidaron el mismo día en que fue empaquetado y transportado en la maleta. El descuartizamiento se llevó a cabo con una sierra radial, a lo bruto, sin conocimientos de anatomía. En opinión del forense le faltaba la cabeza para dificultar la identificación. Los pies debían de ser un problema técnico: o no cabían en el espacio reducido de la maleta o aumentaban el peso innecesariamente. «El asesino debe de haberlos guardado o enterrado por ahí, junto con el coco», así lo dijo exactamente el forense. Luego nos miró con ánimo juguetón, como quien se guarda la última sorpresa.

—Hasta aquí todo normal, ¿no? Pues ahora viene lo raro: el cadáver no tenía restos de droga en el estómago ni en la sangre. Sin embargo, la piel de las manos y los brazos estaba densamente impregnada de pasta de cocaína.

Un silencio momentáneo demostró nuestra incomprensión.

—¿Y eso? —le salió del alma a Garzón.

—Eso es el hallazgo, las conclusiones las ponen ustedes.

—¿Estuvo manipulando droga antes de morir?

—Si fue así, lo hizo en grandes cantidades o con muy poco cuidado. La droga se encontraba extendida por toda la zona en forma de importante película superficial. Por cierto, ¿queréis ver el rompecabezas que hemos hecho con los trozos del muerto?

Naturalmente, me privé del privilegio de semejante contemplación. El subinspector, más corajudo que yo, sí entró a la cámara frigorífica. Al salir no nos dijimos ni media palabra hasta habernos metido en un bar y pedido un café. Sólo entonces él exclamó:

—¡Ahora sí que no entiendo nada!

—¿Entendía algo antes?

—Tampoco; pero ya me contará qué hace un posible traficante de droga despiezado en la maleta de una estudiante de Medicina.

—Se limitaba a estar muerto; en cualquier caso,

el hecho de que quien lo dejó ahí se llevara la maleta de la chica sólo puede significar dos cosas: o ella está implicada o alguien ha querido implicarla.

—¿Sugiere que la dulce Marta no es la niña sensible y especial que pinta su padre?

—Eso es lo que hay que averiguar ya mismo. Creo que volveremos a viajar.

—Haremos lo posible para que sea un viaje, no un simple desplazamiento. Quizá tendremos que pararnos a almorzar.

—Nunca una idea mía había sido tan utilizada en propio beneficio.

—Debería estar contenta.

—Llamaré a Marcos para que no prepare cena esta noche.

También llamé a la Unidad de Narcóticos y les facilité los pocos datos que del supuesto traficante teníamos.

Acorde con lo que yo le pedí por teléfono, el señor Marzá había reunido a toda la familia en su casa. Lejos de poner ningún inconveniente, nos dio muchas facilidades. Sólo pidió que, si no era absolutamente imprescindible, dejáramos fuera de cualquier interrogatorio al hijo pequeño. No hubo problema. Empezamos por Ángela, la hermana mediana. Instalados en el salón de la casa contábamos con la ventaja de que los testimonios serían relajados. Ángela no se parecía físicamente a Marta, tampoco en actitud. Mientras la mayor daba signos de rebeldía y fiereza, la segunda estaba instalada en un pedestal de indiferencia desde donde lo veía todo a una distancia de seguridad.

—¿Hay cosas sobre tu hermana que nosotros no sepamos, Ángela?

—Y yo qué sé lo que ustedes saben.

—Te lo preguntaré más directamente: ¿Marta toma drogas?

—No creo, ni siquiera bebe alcohol. Le va el rollo de la comida saludable, la vida natural y todo eso.

—¿Está relacionada de alguna manera con el mundo de la droga?

—Pues no lo sé; a mí nunca me ha dicho nada, pero me sorprendería, porque los que trafican siempre tienen un montón de pasta, por lo menos en las películas, y mi hermana va siempre tiesa. Es uno de los follones que tiene con mi padre, que no quiere darle ni un euro más de su asignación.

—¿Uno de los follones, podemos saber cuáles son los otros?

—Bueno, sobre todo el ucraniano.

—¿Qué ucraniano?

—¿Tampoco saben eso?

—Esperamos a que tú nos lo cuentes.

—Marta sale con un tío ucraniano, y eso a mis padres los pone de los nervios.

—¿Por qué?

—Pues porque es un *matao* y se gana la vida como puede. Mis padres querían que Marta, que es la guapa y la lista de la familia, se ennoviara con un príncipe o algo así. Siempre están montando números, pero ella no hace ni caso. Parece mentira que no se den cuenta de que, cuanto más la agobien, ella más se emperrará con el ucraniano.

—¿Se llama Teo?

—Sí.

—¿Sabes el apellido?

—¿Yo? ¡Ni idea! Mi hermana a mí me habla lo justito, y de cosas privadas, nada de nada.

Sobre aquella declaración imprevista el señor Marzá debía darnos algunas explicaciones, y debo decir que se explayó y que en su parlamento perdió su talante moderado y estuvo al borde de rozar la histeria. Sólo la presencia de su taciturna esposa, que le tocaba el brazo intentando calmarlo, consiguió que no se subiera por las paredes.

—No, inspectora Delicado, no les había dicho nada de ese chico porque no quiero que mi hija me odie. Ha sido mejor que se enteraran por el testimonio de Ángela. Pero ahora que las cosas están más claras les diré lo que pienso: el tal Teo es un mal bicho. Me lo pareció desde el principio, pero ahora no hablo desde el punto de vista de un padre preocupado, no, hablo con conocimiento de causa. Hace meses que contraté a un detective para que me diera informes sobre él... ¿y saben qué descubrió sobre Teo Kostyantyn?, pues que ese angelito se gana la vida ejerciendo de camello. ¡Ha estado en la cárcel! ¡Un traficante de drogas novio de mi hija! ¿Ustedes pueden imaginar que unos padres como nosotros, gente de orden, con principios, con una vida sencilla y familiar, merecemos algo semejante? ¿Y mi hija, merece una relación con un tipo de esa calaña?

—¿Su hija está al corriente de las actividades de ese hombre?

—¡Pues claro que lo está! Yo mismo se lo dije para que abriera los ojos. Pero no sirvió de mucho.

Mi hija es sólo una niña, inspectora, una niña a la que quizá hemos preservado y mimado en exceso. Ese hombre la tiene subyugada, enloquecida. No es ella, es como si la hubieran hechizado. Espero que esto último haya sido suficiente como para que se dé cuenta de con quién anda.

—¿Cuándo dice «esto último» se refiere al cadáver en la maleta? ¿Cree que él ha tenido algo que ver?

Inyectó su mirada en la mía de modo desafiante.

—Yo no creo nada, inspectora, ¿qué cree usted?

En ese momento la esposa se echó a llorar y Marzá salió de su estado iracundo para consolarla con cariño, abrazándola.

El último interrogatorio recayó, obviamente, sobre Marta, pero sólo obtuvimos un cúmulo de negaciones. Lo único que aceptó fue ser consciente de que Teo había estado en el mundo de la droga. Matizó bien el tiempo verbal: «había estado». Según ella, ya hacía tiempo que no se dedicaba a traficar y estaba empleado en un taller mecánico. No pudimos sacarla de ahí.

De vuelta hacia Barcelona, convertimos el desplazamiento en viaje saliendo de la autopista y parando en un bar de carretera donde, según el subinspector, se comía de maravilla. Desde allí llamé a comisaría para que buscaran la ficha de Kostyantyn, lo localizaran y lo detuvieran inmediatamente. Pedimos sopa de menudillos y chuletas de cordero. Yo me enteré de que todo estaba delicioso más por las exclamaciones del subinspector que por mi propia experiencia gustativa. No era capaz de pensar en nada que no fuera el jodido caso. ¿El novio había utilizado a Marta? ¿El tipo de la maleta era, pongamos por caso, una víctima tipo «ajuste de cuentas»? Parecía extraño, ¿no sabía el ucraniano que implicando a su novia estaba implicándose a sí mismo? ¿Se trataba de alguien tan estúpido como para pensar que su pasado turbulento no saldría a relucir? Garzón, que me conocía tan bien, dijo al final de la comida:

—No debería pagar su parte hoy. Ni se ha enterado de qué estaba comiendo.

—Es que...

—Ya sé lo que va a decir, nada le cuadra en el caso, ¿verdad? Pero yo me estoy temiendo que cuadrará, y de la peor manera para nosotros.

—Eso me temo yo también.

Nuestros temores se cumplieron: cuando intentaron detenerlo, el pájaro había volado. Por los signos en su domicilio, había salido con cierta precipitación. Del taller donde efectivamente trabajaba, faltaba desde dos días atrás. El dueño nunca había tenido queja de él, dijo que siempre fue un buen empleado, perfectamente normal. Me desesperé.

—Se nos ha escapado, Garzón, ha huido en nuestros propios morros.

—Lo que no entiendo es cómo ha tardado tanto en hacerlo.

—Eso ya da lo mismo. Apunte una cagada en nuestro libro de méritos.

La situación se resolvió de modo consecuente: el comisario Coronas, nada contento, dictó una orden internacional de busca y captura vía Interpol contra Teo Kostyantyn, el juez le devolvió el pasaporte a Marta Marzá y el caso entró en *stand-by* con muchas probabilidades de acabar en un cajón. Como consecuencia de todo este proceso, yo llegué a casa con ganas de deshacerme en llanto. Marcos me descubrió en la cocina, llorando a moco tendido. Me excusé:

—Lloro de pura frustración. Se nos ha escapado un culpable.

Intentó consolarme echando mano de la razón: yo ya tenía una larga experiencia, no era la primera vez que me sucedía algo así, el trabajo no debe tomarse de modo personal... Lo hubiera estrangulado. Sólo cuando utilizó el absurdo para una segunda andanada y aseguró que atraparíamos al tipo porque había tenido un presentimiento, me sentí más conforme y tranquila. Que un hombre tan centrado como él fuera capaz de decir tonterías con tal de no verme sufrir no me devolvía la fe en mi talento profesional, pero me demostraba un amor muy sincero por su parte. Le abracé.

Siguieron tres meses de sequía total. Nuestra única relación con el caso era preguntar diariamente si había alguna denuncia de persona desaparecida que nos diera pistas sobre la identidad del muerto troceado. No hubo suerte. Por lo demás, íbamos a comisaría cada mañana, tomábamos café y fingíamos que todo era completamente normal, aunque no lo era. Cierto que estuvimos ocupados en otras cosas, pero nuestra mente lanzaba muestras continuas de distracción. Nos equivocábamos en datos tontos, olvidábamos redactar informes que el jefe nos había pedido, y en el plano personal casi siempre estábamos de mal humor. Incluso mis hijastros se habían dado cuenta de que mi carácter no era el de siempre. Cuando los veía me hacían preguntas indirectas en las que, sin embargo, era fácil rastrear su preocupación por mis silencios incomprensibles, por mis súbitos ataques de mala uva, por mi malestar general. Marina volvió a plantearme la pregunta que ninguno de ellos se atrevía a hacer:

—¿Os vais a divorciar papá y tú?

—¿Otra vez con esa historia, Marina? ¡Cualquiera diría que tienes ganas! En cuanto me ves un poco baja de moral siempre se te ocurre la misma historia.

—Es que como papá se ha divorciado tantas veces...

—Exactamente las mismas que yo.

—Ya, por eso.

—Pues no vamos a divorciarnos. Tengo preocupaciones de trabajo, eso es todo.

—Mejor, divorciarse es un follón.

Vi cómo se largaba para ponerse a cubierto de mis malos modos y lamenté haberle hablado tan bruscamente. ¡Perfecto!, pensé, no sólo soy una policía mediocre sino una terrible madrastra de cuento.

Semejante situación se prolongó hasta un viernes por la tarde. Habíamos acabado el trabajo Garzón y yo. Eran las siete.

—¿Nos tomamos un copazo antes de irnos para casa?

Acodados en la barra pedimos dos whiskies. La Jarra de Oro es un bar más bien diurno y laboral, de modo que un viernes a aquellas horas se encontraba considerablemente desierto. Estaba comentándole al subinspector cuatro chorradas del servicio cuando, puesta la vista en la calle, me interrumpió para decirme:

—Domínguez viene hacia aquí. ¿Qué coño querrán ahora?, nosotros hemos acabado nuestra jornada por hoy, que no anden jodiendo con más gilipolleces.

No eran gilipolleces. Los gendarmes habían detenido a Teo Kostyantyn en un pequeño pueblo al norte de París, después de que este se hubiera registrado en un hotel. La extradición sería inmediata. Creo recordar que no terminamos nuestra copa e incluso que nos fuimos sin pagar.

Los detalles que nos dio Coronas eran inquietantes. Al tipo lo habían cazado con una bolsa de deporte que contenía casi cien mil euros en su interior. Contantes y sonantes. Esa era una circunstancia con la que no contábamos. ¿Se trataba de un sicario, alguien le había pagado por matar a un traficante? Nos dimos cuenta de que en realidad la investigación del caso no había hecho más que empezar.

Cuando tuve delante a Teo Kostyantyn comprendí que Marta se hubiera enamorado de él. Era terriblemente guapo: alto, fornido, con las facciones talladas a la piedra y unos ojos azules grandes e intensos. Hablaba un muy buen español. Parecía tranquilo. Quizá yo estaba más nerviosa que él.

—Veamos, Teo. ¿Por qué huyó usted del país?

—¿Puedo pedir un té?

Ordené que se lo trajeran. Esperé con paciencia, deseaba que las cosas se desarrollaran lentamente, sin prisas ni miedo a cometer un error. Llegó la taza, azucaró el líquido, sopló sobre la superficie, dio un breve trago y dijo:

—No hace falta que me hagan preguntas. Yo les contaré lo que pasó. No tengo otra alternativa.

Garzón y yo intercambiamos una mirada de desconcierto.

—Adelante, ya puede empezar.

—Me fui del país porque el señor José Marzá me dio dinero para que lo hiciera.

Nuestro desconcierto viró hacia la estupefacción. Le lancé una indicación al subinspector para que no lo interrumpiera.

—Adelante, siga, le escuchamos.

—Él me odia porque era novio de su hija. Quería quitarme de en medio. Me había ofrecido otras veces dinero para que dejara a Marta, pero yo nunca lo había aceptado.

—¿Y esta vez sí aceptó?

—Me dijo que había habido un asesinato. También me dijo que me cargarían a mí la responsabilidad. Habían matado a un tipo que había aparecido en la maleta de Marta y estaba embadurnado de droga. La policía sabría que yo tenía antecedentes por traficar. No tendrían que pensar demasiado. Me dijo que a la hora que habían matado al tipo yo no tenía coartada, porque estaba con Marta, y nadie creería que ella no pretendía protegerme con su testimonio. Me cargarían a mí el muerto y no podría demostrar que soy inocente; eso me dijo.

—¿Quién es el muerto, Teo?

—No lo sé.

—¿Cómo que no lo sabe?

—Él no me lo dijo, tampoco quién lo mató. Los periódicos decían que era un hombre sin identificar. ¿Cómo podría saberlo? Marzá vino a buscarme y me ofreció más dinero que nunca. Vi que las cosas se complicaban, tomé el dinero y me marché. Me dolía dejar a Marta, pero todo era demasiado difícil. Nunca más he traficado con droga desde que estuve en la cárcel, he trabajado siempre en un taller, y he trabajado bien. Quería casarme y vivir en paz, pero no es posible la paz cuando alguna vez has fallado, eso parece que te siga siempre, tu historia eres tú. Nadie cree en ti nunca más.

Aquello nos resultó tan inesperado que no sabíamos hacia dónde tirar. Lo interrogamos varias veces durante la jornada, a distintas horas, en diferentes circunstancias, retorciendo las preguntas en busca de una contradicción, pero no se produjo. De todos aquellos datos que nos daba, siempre iguales a sí mismos, había uno que destacaba con luz propia. «Embadurnado de droga.» ¿Cómo sabía Kostyantyn que el muerto estaba «embadurnado de droga»? Si se lo había dicho Marzá, ¿cómo lo sabía él? Nadie había pasado a los periodistas semejante precisión. La descripción era además exacta. El cadáver no había consumido droga, ni se le había encontrado en un bolsillo, sino que estaba embadurnado con ella, algo que en su momento ya nos llamó la atención por ser tan poco habitual. El subinspector se rascó el flequillo, cosa que sólo hacía en momentos de máxima tensión.

—¡Joder, Petra! Este asunto se complica cada vez más. ¿Este tío es el asesino?

—A eso le contestaré con dos preguntas más: ¿de quién y por qué? Y si es el asesino, ¿por qué se autoinculpa metiendo el cadáver en la maleta de su novia?

—Eso son tres preguntas.

—Y ninguna contestación a las mismas me convence.

—Entonces, ¿qué coño hacemos, lo soltamos?

—Siempre que se avenga a colaborar.

El plan era sencillo. Teo iría en busca de Marzá pertrechado con un micrófono oculto. Si se negaba de entrada, sería obvio que toda su historia era un invento fácil de desmontar. Para llevar el proyecto adelante necesitábamos permiso de Coronas y del juez. Resultaba imprescindible asegurar la parte legal, muchas veces habíamos visto cómo la justicia desestimaba los resultados de una investigación por defectos de forma.

Pusimos en marcha aquella traca final con la esperanza de que el ruido que armara fuera esclarecedor. De entrada, el ucraniano aceptó visiblemente encantado nuestra proposición de colaborar. A Coronas también le gustó el plan y el juez no puso ningún inconveniente en aceptar las pruebas que pudiéramos obtener, incluso hizo un comentario que me sorprendió: «Lo haría aunque sólo fuera por la curiosidad que me inspira este caso». Me pareció un tanto frívolo, pero enseguida pensé que no hay nadie más serio que un juez.

Al día siguiente el equipo técnico de la policía colocó en el cuerpo de Teo Kostyantyn un micrófono de alta resolución, tanta como nuestro detenido parecía mostrar en aquella empresa. Nosotros, junto con un especialista, asistiríamos al encuentro con Marzá en el interior de una pequeña furgoneta aparcada en las cercanías.

El ucraniano se dirigió al banco donde Marzá trabajaba y esperó hasta la hora de cierre. El director era siempre el último en salir. Su obligación tras la jornada consistía en echar el cerrojo a la cámara de seguridad junto con el interventor de la entidad. Estábamos en un silencio expectante, metidos en la camioneta como sardinas en lata, incómodos y nerviosos, hasta que pudimos empezar a oír claramente la escena que se desarrollaba. La voz de Marzá sonó irritada, desafiante:

—¿Qué demonio haces aquí?

—Me fui, pero...

—Te dije que no te daría ni un euro más, ni uno. ¿Qué quieres, que vaya a la policía?

—He guardado en Francia el dinero que me dio, pero me dejé unas cosas importantes aquí y no quiero que la policía pueda encontrarlas. He venido a buscarlas. Necesito mil euros más para volver, no quería coger tanto dinero. Le prometo que ahora sí desapareceré para siempre.

—¡Eres un malnacido y estás loco! Hay una orden de captura internacional, ¿crees que puedes ir pasando la frontera cuando te dé la gana?

—He recogido documentos importantes de mi familia. No quiero que los culpen de nada. Ahora ya estoy tranquilo, pero necesito dinero para volver.

Oímos cómo Marzá rebufaba y maldecía. Garzón elevó las cejas en un gesto interrogativo, le indiqué con las manos que debíamos esperar.

—No llevo mil euros encima. Sígueme al parking cuando yo me haya ido. Mi coche está en la tercera planta, plaza 470. Te espero allí.

—¿Tiene dinero en el coche?

—No. Te meterás en el maletero y te llevaré hasta mi casa. Allí sí tengo dinero.

—No me creo que vayamos a su casa. Quiero saber a dónde me va a llevar.

—Tengo una casa en Castelldefels, allí estaremos tranquilos.

No tardamos demasiado en salir a la carretera, siempre siguiendo la señal telefónica que emitía el micrófono de Kostyantyn. El coche entró en Castelldefels y se adentró en una urbanización en dirección al mar. El invierno había dejado desiertas las calles. Paramos cuando el coche ralentizó. Oímos abrir una portezuela y siguió un silencio.

—No ha sacado a Teo del encierro. Yo creo, inspectora, que esperar más es arriesgado. Igual se lo carga.

Detuvimos a Marzá cuando estaba abriendo el portón. Su cara fue un poema, como si se le hubieran caído encima mil kilos de piedras, como si el mundo se acabara en ese momento para él. Nunca pudimos saber si planeaba matar al ucraniano. Como no solemos estar de acuerdo, Garzón creía que sí, y yo no estaba tan segura. En cualquier caso, los terribles hallazgos que hicimos en la casa facilitaron la confesión de Marzá. La cabeza y los pies de un hombre de mediana edad estaban en el garaje de la casa, metidos en un congelador de cofre.

Debo reconocer que el tal Marzá era un tipo bastante listo y que sólo el factor humano le llevó a cometer su fatídico error. Pero no quiero adelantar acontecimientos. Esta fue la versión de Marzá. El muerto: Herminio Casas, un traficante de droga que pertenecía a los puestos intermedios de una organización. No estaba fichado. Su cometido: llevar dinero negro hasta el banco de Marzá para que este fuera blanqueándolo, bien enmascarado en diversas inversiones. La comisión de Marzá consistía en una cantidad importante. Sólo que el trato entre los dos hombres fue haciéndose más estrecho hasta el punto de que ambos decidieron «desviar» algunos fondos de la organización a sus propios bolsillos con plena connivencia y amistad. De alguna manera que Marzá desconocía, los traficantes descubrieron el pastel. Es obvio que la organización no le perdonó la traición a su hombre y se lo cargó. La traición de Marzá era considerada menor, aunque punible: le soltaron el cadáver en su casa de Castelldefels y a ver cómo te las apañas para deshacerte de él. Ahí entró el factor humano. Marzá quiso hacer de la necesidad virtud y facturarle la culpa a su principal enemigo: el novio de su hija. Así mataría dos pájaros de un tiro: se libraba del cadáver y del maldito ucraniano que amenazaba la estabilidad familiar. Era una versión pintoresca que eximía a Marzá del asesinato. Según sus propias palabras: él era «un simple descuartizador».

—¡Acojonante! —exclamó mi compañero.

No sólo acojonante, sino perverso, porque quien

le había puesto en contacto con la organización de traficantes (sus antiguos compinches) había sido el propio Teo Kostyantyn. Un entramado de culpas compartidas que nunca hubiéramos podido desentrañar a no ser por los desvelos de un padre de familia hacia su hija mayor. Aquel padre teóricamente ejemplar había comprado una maleta exactamente igual a la de su hija, había enlatado en ella el cadáver y, utilizando un disfraz de mujer, se había plantado en la parada de autobuses. Allí esperó a que su hija depositara en la bodega su propia maleta y subiera al vehículo. Cambiar las maletas le resultó fácil, casi infantil.

—¡Acojonante! —volvió a exclamar Garzón—. Ese hombre tiene una mente privilegiada para el delito. ¿Para qué necesitaba tanta pasta?

—Una pregunta al borde de lo retórico, Fermín. Para lo que todo el mundo: pagar facturas, mandar a sus hijos a las mejores universidades, tener dos casas en propiedad... y un retiro fastuoso. Cuando Teo le dijo que sus antiguos colegas querían tomar contacto con él, no se lo pensó. *Money is money!*

La Brigada de Narcóticos fue informada de todo y tirando del hilo de Casas pudo practicar algunas detenciones. Presionando a uno de los arrestados, consiguió una delación. Encontraron al tipo y cantó: él había liquidado a Herminio Casas por orden de sus «superiores». Aseguró no saber quiénes eran. La brigada no perdió la esperanza de trincar a los máximos responsables, pero eso ya no era de nuestra incumbencia. Nuestro caso estuvo resuelto en el término de quince días. Todo el mundo parecía feliz, todo el mundo menos yo. Yo hubiera deseado haber tenido al menos la sospecha de cuál era la verdad. Garzón, mucho más razonable, me hacía reconsideraciones sobre la frustración que experimentaba todo mi ser.

—Usted, Petra, tiene el síndrome de Sherlock Holmes: quiere absolutamente que todos los elementos de un caso hayan pasado por su cerebro antes de aclararse. Y de sobra sabe que la policía ya no funciona así. Siempre somos un equipo: la Científica, Interpol, Narcóticos..., buenos estaríamos si navegáramos solos en el barco. Dudo que descubriéramos ni un diez por ciento de los crímenes, la verdad.

—Ya sé que está en lo cierto, Fermín, pero me jode no haber intuido al menos cómo era el tal Marzá. Eso puede significar que he perdido mi fino olfato psicológico.

—¡Bobadas, inspectora! Lo que ocurre es que los perfiles psicológicos y la propia realidad se van haciendo más retorcidos con el tiempo. Antes, un padre de familia que ganaba un sueldo razonable no se dejaba tentar por delincuentes. Tampoco una joven de clase media ligaba con un ucraniano que había estado en la cárcel. ¡Los tiempos cambian, querida jefa, y siempre van a peor! ¡Demasiadas ansias de riqueza, demasiadas películas, demasiado internet, demasiado deseo de ser feliz!

—No sé si su análisis me consuela o me sume en una profunda depresión.

—¡Anímese, inspectora! El comisario está contento, el juez también. Todos los implicados van a salir de esta con unas condenas de aquí te espero. Sólo nos queda un último marrón.

—¡No me joda! ¿Cuál?

—Coronas quiere que hablemos con la señora Marzá. No sabemos si estaba informada o no de las andanzas de su marido. ¡Pero no se preocupe!, eso nos permite viajar y sé que está usted loca por venirse conmigo a Gerona. ¿Sí o no?

—Siempre que no vayamos en autobús y con maleta...

Ninguno de los hijos de la familia estaba en casa. La señora Marzá nos miró con tristeza. Su sinceridad fue aplastante: notaba que el dinero abundaba, pero nunca quiso preguntar por qué.

—¿No tenía confianza con su esposo como para hablar sinceramente con él? —pregunté.

—Con mi esposo no tenía nada, inspectora. Hacía años que vivíamos distanciados. Ni siquiera dormíamos en la misma habitación.

Quise en cierto modo proporcionarle consuelo.

—Quizá él pensó que dándole más comodidades a su familia le daría también más felicidad.

Su rostro mortecino, inexpresivo, se cubrió inopinadamente de una máscara dura, casi cruel.

—Ni un solo día de mi vida de casada he sido feliz, inspectora, ni uno solo. —Relajó la expresión y añadió—: Si consideran que soy culpable de algo, pueden encerrarme. Será un descanso. Mis hijos pueden apañárselas solos. Estoy cansada de luchar.

Nuestro regreso fue un poco fúnebre. Transmitiríamos un informe de aquel breve interrogatorio al juez y él vería lo que hacía con él. Estábamos callados. Garzón dijo de pronto que sentía curiosidad por saber el motivo de tanto dolor en las palabras de aquella mujer. Yo me limité a afirmar que no quería saber ya más de vidas ajenas, al menos hasta el próximo caso. Entonces comprobé que mi compañero variaba la dirección y paraba frente a un restaurante.

—¿Y esto?

—No era un auténtico viaje sin parar a comer.

Mis hijastros se enteraron de los detalles del caso que recogieron los medios de comunicación. Como solían hacer cuando llegaban a la prensa asesinatos llamativos, quiero decir, morbosos, me preguntaron si nos había correspondido a Garzón y a mí la investigación. No quise responderles, era el único modo para que no me frieran con su hambrienta curiosidad. Para castigarme por mi silencio se pasaron toda la cena haciendo comentarios inconvenientes.

—¡Pues vaya con el padre de familia! —exclamó Hugo.

—¿Os imagináis a papá troceando un cadáver? —se extasió Teo.

—Papá nunca haría una cosa así —reivindicó Marina a su padre.

—¿Queréis dejar de decir despropósitos? —se puso serio el padre propiamente dicho.

—Lo haría si tú te ligaras a un pringado que hubiera estado en la cárcel —aseveró Hugo.

Se hizo un silencio en la mesa que yo no pensaba romper. Mi marido siguió comiendo como si nada. Marina, algo mosqueada, se dirigió a él para inquirir:

—¿Lo harías, papá?

Marcos masticó su bocado con parsimonia y dijo al fin:

—Yo quiero mucho a Marina y me gustaría lo mejor para ella. Sin embargo, nunca en la vida se me ocurriría cometer un acto ilegal.

—¡Puaf! —soltó Teo—. Eso es lo más aburrido que he oído nunca.

Decidí intervenir, aunque nunca lo hago en circunstancias semejantes.

—Considerando que Marina tiene nueve años, si se liara con un tipo, tuviera este antecedentes penales o no, yo no sólo trocearía su cadáver, sino que lo convertiría en picadillo. Y a ella la metería en un convento, claro está.

Los gemelos se echaron a reír como dos tontos.

—¡Me encantaría ver a Marina rezando con un hábito hasta los pies! —decía Teo con un regocijo total.

—¡Eres imbécil! —espetó la niña muy ofendida.

Marcos elevó el tenedor casi de modo amenazante y soltó su perorata paternal.

—Soy un padre de familia honrado y trabajador. Sólo deseo paz cuando regreso a casa por las noches. ¿Y bien? La providencia no está conmigo. Me siento con mi familia y el tema de conversación, en vez de versar sobre cosas amables y anodinas, se llena de cadáveres troceados y de insultos entre mis hijos. Está claro que estoy penando algún pecado que cometí en una vida anterior.

—Llevas razón —concedió Hugo—, y total por un caso policial que ni siquiera sabemos si Petra ha investigado. ¿Verdad, Petra?

—Verdad. No lo sabemos.

Me miraron con cierto reproche y la cena continuó de modo más convencional.

Sigue sin gustarme viajar, y desde aquel caso tan extremo, nunca he vuelto a tomar un autobús.

Vinaròs, enero de 2016

Cuando llega septiembre

Septiembre es un mes estudiantil. Remite a exámenes de asignaturas suspendidas en la convocatoria de junio, al reinicio general de las clases, al reencuentro con los compañeros de curso... Y sin embargo, a una cierta edad, todas esas referencias nos llevan a una conclusión final: ya no somos estudiantes y lo único que nos espera es volver al trabajo.

En esas circunstancias me encontraba yo aquel septiembre que siempre recordaré. Había disfrutado de un mes completo de vacaciones. Los primeros quince días, con mis hijastros y mi marido, todos juntos y revueltos en una casa alquilada junto al mar. La segunda quincena con Marcos, solos los dos. Un pequeño hotel campestre nos sirvió de hogar. Nuestras actividades fueron de una simplicidad que a muchos les hubiera parecido descorazonadora. Nos limitamos a pasear, leer, charlar, comer bien y beber mejor. ¿Podían esos pasatiempos ser considerados limitaciones? En ningún caso. La sensación de hacerlo todo con lentitud y sin el tiempo tasado por el trabajo, las visitas de los niños y la vida social se nos antojaba un lujo digno de marajás.

Como digo, la constatación de que no era una estudiante y mucho menos una maharaní hizo que me enfrentara a la comisaría con el ánimo mermado o incluso sin él. Las estancias y muebles que tan familiares me resultaban habían sufrido a mis ojos un proceso de envejecimiento acelerado. Pero no era posible, en un mes nada cambia de modo tan drástico. La explicación era que uno se acostumbra a vivir en la cutrez y cuando pierde de vista el miserable entorno, lo redescubre con más intensidad. Advertí que mi despacho tenía un par de desconchones en la pared muy semejantes al mapa de Córcega y Cerdeña. Ese detalle que no había localizado hasta la fecha me deprimió en extremo. En ese momento de dolor estético, entró en tromba el subinspector Garzón.

—¡Petra Delicado, inspectora de la Policía Nacional! —gritó tan contento.

Había elevado los brazos como un hincha de fútbol después del gol de su equipo. Venía moreno, más delgado, se movía con agilidad y llevaba puesta una camisa azul cielo que subrayaba su aspecto veraniego. Me abrazó con alharacas varias y risotadas silvestres.

—¿Qué tal, mi querida jefa, cómo le ha probado el periodo vacacional?

Le sonreí desvaídamente y señalando la pared le pregunté enseguida:

—¿Usted recuerda si esos desconchados en la pintura estaban ya ahí antes de vacaciones?

Se recompuso un poco de la sorpresa y observando la pared en cuestión se encogió de hombros.

—¡Coño, Petra, vaya pregunta! ¿Y yo qué demonio sé? ¿Le parece que es un recibimiento normal?

—Perdone, Fermín, lleva toda la razón. Pero es que desde que he vuelto todo me parece astroso y deteriorado.

—¡Bah, está como siempre! Lo que pasa es que viene usted acostumbrada a mejores ambientes. Cuénteme lo que ha hecho en agosto.

—Pocas cosas extraordinarias: descansar y leer. ¿Y usted?

—¡Ah! Yo no he parado un momento, inspectora. Los primeros quince días fuimos a la casita que tiene Beatriz en la Costa Brava. Ya se puede imaginar el plan: playa, aperitivos, un poquito de deporte al atardecer... y por la noche alguna cena con sus amigos pijos. Eso era lo peor, porque no me caen del todo bien. En cualquier caso, yo me concentraba en la comida y el vino bien frío y me lo pasaba de maravilla.

—Suena muy bien.

—Pues aún no he llegado a lo mejor. Durante los últimos diez días hemos hecho un crucero de lujo por las islas griegas. Beatriz tenía unos fondos invertidos en el banco cuyo plazo vencía y nos los hemos pulido tan campantes. Debo decir que ha sido la experiencia más fantástica de mi vida.

—Le veo francamente entusiasmado.

—Al fin y al cabo, soy un paleto de un pueblo de Castilla que lo más exótico que había hecho hasta ahora era asistir a las fiestas patronales del pueblo de al lado. Y en este crucero he probado de todo, inspectora: bailar hasta la madrugada en alta mar, contemplar las puestas de sol, comer en restaurantes maravillosos. ¡Y visitar monumentos, no vaya a creer! Me he chupado todos los templos destruidos del mundo.

—Le felicito, Fermín, ha aprovechado usted el tiempo.

—¡A tope! Vengo con las pilas recargadas y dispuesto a echarle el guante a cualquier asesino que insinúe su presencia a cien kilómetros a la redonda.

¿Podía haber dos seres más diferentes que el subinspector y yo? A él, las buenas experiencias lo ayudaban a afrontar el futuro, mientras que a mí la perspectiva de que lo bueno tiene un final ya me llenaba de zozobra. ¡Por no hablar de lo que era un placer para él y para mí! Si yo hubiera tenido que embarcarme en un crucero lleno de ricos jubilados o encantadoras parejas de recién casados y convivir con ellos durante quince días bailando cada noche hasta el amanecer, creo que me hubiera lanzado al mar buscando una muerte segura por ahogamiento o contaminación mediterránea.

Me fui a dar una vuelta por las oficinas a ver qué se comentaba en nuestro pequeño mundo policial. Nadie parecía tener el don de la originalidad: los que habían vuelto de vacaciones se dedicaban a glosar sus experiencias con entusiasmo. Los que aún no las habían tomado protestaban por el incremento de trabajo en el mes de agosto. Sólo encontré alguna novedad entre alguno de los policías más jóvenes que habían escogido actividades de riesgo. López me contó cómo había nadado entre tiburones con un grupo de turistas intrépidos acompañados por un monitor.

—También son ganas, López, con tantos tiburones como uno encuentra en la vida real.

—Estos son menos peligrosos que los tiburones humanos, inspectora. Si le dijera lo que ha hecho Mínguez... Entró en una agencia de aventura y se ha largado a dar una vuelta por países en guerra.

—¡Qué horror! —exclamé de todo corazón.

Definitivamente, comparando mis planes estivales con todo aquel alarde de valor controlado, se llegaba a la conclusión de que o la gente se había vuelto loca o yo disfrutaba con el aburrimiento pertinaz.

Abandoné las encuestas sobre el tiempo libre y me dediqué a recabar información sobre los casos criminales que mis compañeros se llevaban entre manos. Zubieta el vasco, que era el inspector mejor informado de Homicidios, me enseñó las fichas de los trabajos en curso. Estuve curioseando hasta que una de las diligencias me llamó la atención. Extrañamente, todos mis pensamientos sobre el carácter estudiantil del mes de septiembre cobraron una nueva dimensión cuando leí una de las fichas. Se trataba del asesinato de un adolescente: Juan Gálvez Batanero. Aquel segundo apellido me recordó a las listas de mi clase cuando cursaba el bachillerato en un colegio de monjas. Cuando oía Batanero, sabía que poco después vendría Delicado y me ponía en guardia para bien o para mal. Recordaba perfectamente a la compañera que ostentaba un nombre tan poco corriente: Maricruz Batanero Bonilla. Me caía fatal. Era una niña de comportamiento excelente y excelente aplicación en los estudios. Esas características no eran las únicas que me hacían reaccionar en su contra. Maricruz era..., ¿cómo expresarlo? ¡una integrada!, mientras que yo procuraba moverme siempre en un territorio limítrofe a cierta marginalidad. No tengo claro en qué se basaban esas categorías entre nosotras hace tantos años, pero me asaltan detalles: ella siempre se ofrecía voluntaria para todo, era la alumna ideal para las monjas, nunca estaba castigada, ayudaba a cambiar las flores de la capilla... No sé, tonterías que actualmente me parecen casi virtudes, pero que entonces me la hacían repelente a más no poder. Le pregunté a Zubieta:

—¿La madre de este chico no se llamará Maricruz?

—Ni idea. Los detalles los tiene Hernando, que está llevando el caso.

—¿Desde cuándo?

—Lo encontraron muerto sólo hace dos días.

Me encaminé hacia la zona de despachos en busca de Hernando. Era un buen tipo, nos conocíamos desde hacía mucho y nunca había surgido entre nosotros ninguna disensión. Me recibió de mil amores y con el mismo talante positivo me hizo saber la información que buscaba.

—¡Pues sí, mira por dónde, la madre se llama Maricruz, Maricruz Batanero Bonilla, para ser más exactos! —dijo comprobando el nombre completo en su ordenador—. Y el padre, Ricardo Gálvez Navales. ¿Los conoces?

—A ella sí, aunque hace mil años que no la veo. Éramos compañeras de colegio.

—¡Jo, pobre, pues está destrozada! Hablé con ellos dos ayer y no conseguían hacerse a la idea. Es lo normal, claro.

—¿Qué pasó?

—Era un chico con problemas, un poco gamberro, le daba a las drogas blandas y alguna vez lo habían detenido por conducir sin carnet. Suponemos que se metió en algún lío y... lo típico. Lo encontraron en el parque de la Guineueta con unos navajazos en el cuerpo, pero la cosa acaba de empezar. ¿Quieres que hablemos con el comisario Coronas y te quedas tú el caso?

No se me había pasado por la cabeza ser objeto de tal ofrecimiento. Lo miré con sorpresa.

—¡Hombre, Hernando, pero si estás trabajando en ello...!

—Empiezo las vacaciones dentro de diez días y, si esto se complica, no podré dejar la investigación a medias, con lo que mi mujer se pondrá por las nubes, así que me harías un favor. Aunque debo advertirte que el caso es un marrón.

—¿Por qué?

—Son una familia biempensante, católicos fervientes, abogados los dos. Tienen tres hijos más y justamente este, el mayor, es adoptado. Supongo que será difícil que comprendan que si el chico andaba por mal camino, el que se lo hayan cargado es casi una consecuencia natural.

Acepté pedirle el cambio a Coronas. Probablemente porque me picaba la curiosidad, pero también porque conservaba un poco de mala conciencia sobre mi pasado común con Maricruz. En más de una ocasión la había embromado por ser tan cumplidora y la había llamado «maldita empollona», «puñetera pelota de las monjas» o incluso alguna cosa que sonaba peor.

El comisario no tuvo inconveniente en asignarnos el caso a Garzón y a mí. Sólo me quedaba una duda: ¿cómo reaccionaría Maricruz cuando me viera al frente de las pesquisas? Quizá había sido demasiado impulsiva y no había pensado en que mi antigua compañera podía tener un recuerdo de mí lleno de animadversión.

No fue así. Me recordaba perfectamente y quizá debido al estado de emoción propia de aquel terrible momento para ella, se abrazó a mí y casi no podía hablar. La doméstica que nos había abierto la puerta se enjugó también una lágrima furtiva.

—He pedido llevar yo misma el caso de tu hijo, Maricruz, espero que te parezca bien.

—¿Y cómo va a parecerme mal, querida Petra? Contigo cerca el dolor será más soportable. ¡Es todo tan terrible!

—Ya lo sé, y lo siento. Imagino que no hay nada peor que perder un hijo.

—Tengo que ser fuerte, Petra. Si Dios me ha enviado este calvario es porque puedo soportarlo. Y hay una cosa importantísima: tengo tres hijos más y debo velar por que salgan de esto lo más indemnes posible.

—Muy bien. Creo que esa es la actitud correcta.

No hablamos de nuestro pasado común, ni de los tiempos del colegio ni de nada que implicara una cierta frivolidad. Le dije que quedaba emplazada al día siguiente para un interrogatorio junto a su esposo. A los hermanos no podíamos interrogarlos porque eran menores. Ella estaba serena, entera, aunque se adivinaban en su rostro los trazos del llanto y el sufrimiento.

A Garzón no le hacía ni puñetera gracia el caso que yo le había endilgado por decisión personal. Siempre le había oído decir que los asesinatos de adolescentes son un follón. Los compañeros y amigos de la víctima suelen cerrarse en banda y resulta difícil hacerlos hablar. La emotividad de las familias estropea el cuadro todavía más, hay intereses creados en escuelas y maestros que no quieren ver manchada la reputación de sus centros.

—Un follón, inspectora, ya verá.

—Lo lamento, Fermín, pero al pedir que nos asignaran esta investigación he obrado por imperativo moral, aun conociendo las dificultades de base. Puede decirle a Coronas que no quiere ser mi ayudante en esta ocasión. Lo comprenderé perfectamente.

—Sí, comprenderlo sí lo comprenderá, pero no voy a pedirle nada. Luego estaría oyendo sus reproches hasta el día del Juicio Final.

—¿Cómo puede ser tan artero y tan vil? ¡Nunca le haría reproches por algo semejante!

—Mejor lo dejamos, inspectora. Además, ya he empezado a trabajar. He hablado con el forense y me dice que el resultado de la autopsia estará relativamente pronto. ¿Qué le parece?

—Me parece que es necesario dejar muy claro que hace usted esto con total libertad. No me gustaría tener que echarme a sus plantas dándole las gracias cada vez que haga una gestión.

—Queda claro, y hay otra cosa que queda más clara aún: en cuestiones de mala uva siempre me gana usted.

Se largó riendo bajito, convencido de haberme clavado una daga mortal. Y quizá llevara razón, mi mala uva es considerable, y seguro que si el caso resultaba muy conflictivo, acabaría volviéndola contra mí misma. Crucé los dedos y me dispuse a comenzar la investigación.

Ricardo Gálvez era un hombre alto y elegante. No coincidía con los estándares de padre de familia numerosa, que suelen pintar un hombre paciente y bonachón. Sí quedaba perfecto en el papel de alto ejecutivo de una multinacional. Tanto él como Maricruz se movían en niveles económicos altos, lo cual quedaba patente en su actitud frente a la vida y en su modo de vestir. Las edades del resto de sus hijos iban desde los quince hasta los cuatro años. Una familia feliz, traspasada por el estigma del hijo mayor.

Teniéndolos a ambos delante entendí enseguida que él consideraba la presencia de la policía como un mal necesario que debía tolerar. Entendí también que esperaba que nos pusiéramos a trabajar implicando a su familia lo menos posible. Había visto reaccionar de esa manera a otros allegados de víctimas, sobre todo dentro de un contexto social elevado. La mejor reacción para esos casos era la paciencia, virtud de la que nunca he ido sobrada.

Mi antigua compañera de curso era al parecer la portavoz oficial de la pareja. De ella obtuvimos el primer retrato del carácter de Juan Gálvez, los primeros apuntes de su vida. Ninguno de ellos era muy original. Juan había sido un buen chico hasta que, al entrar en la adolescencia, las malas compañías lo llevaron por el camino que nunca hubiera debido transitar. Iba a un colegio religioso y allí había entrado en la panda de chicos rebeldes y de ahí en adelante la marihuana hizo todo lo demás. Empezó a ir mal en los estudios, a desobedecer, a faltar a clase sin ninguna explicación, hasta que fue expulsado del colegio. Ese fue el detonante para que todo virara a peor. Tuvieron que matricularlo en otra parte, eso lo hizo rebotarse todavía más... Por primera vez el marido interrumpió el poco informativo relato de su esposa:

—Y está la chica —afirmó.

—Sí, claro, está Blanca —subrayó ella con desgana.

—¿La novia de vuestro hijo?

—Eso es mucho decir —saltó Maricruz inmediatamente—. Una novia es alguien con quien se tiene un compromiso. Son todavía unos críos y...

—Eran inseparables —la interrumpió el esposo—. Durante una época mandamos a Juan a un centro de rehabilitación contra las adicciones. Resultó peor el remedio que la enfermedad. Allí conoció a esa chica y ella acabó de llevarlo por el mal camino. Intentamos separarlos, pero todo fue inútil. Blanca es un caso perdido: frecuenta compañías marginales, abandonó sus estudios, sus padres son incapaces de controlarla. Su influencia resultó un desastre total.

—¿Conocéis a su familia?

—Sí, los conocemos. Es una gente de cultura y posibles, pero...

—Los padres son arquitectos los dos —volvió a

interrumpirla Ricardo—. Están separados. Ella vive en Estados Unidos. Cada uno va por su lado. La chica es hija única, dudo de que hayan sabido alguna vez cómo educarla. En fin, un caos.

—Esas cosas pueden pasar —intervino por primera vez Garzón en plan contemporizador.

—Pasan si tú dejas que pasen —afirmó con contundencia el cabeza de familia.

Me dieron ganas de contestarle que, en tal caso, ellos habían permitido el asesinato de su hijo. Pero, naturalmente, me callé.

Su visita nos había servido para dar el siguiente paso: debíamos interrogar a la tal Blanca y a un amigo de Juan llamado David. Si su hijo tenía otros amigos indeseables, ellos no los conocían. Poco más aparte de eso. La historia del hijo que se descarría por culpa de los demás la conocíamos, la conoce todo el mundo, desde tiempo inmemorial.

David Carvajal era compañero de curso del colegio al que había ido a parar Juan. Se trataba de un centro para rebotados de buena familia al que acudimos sin más tardanza. Nos recibió el director: severo traje gris y corte de pelo militar. La historia que nos contó era tan predecible como la de los padres del muchacho: en aquella institución se velaba por la evolución positiva de los alumnos, y el tutor de cada uno de ellos los vigilaba estrechamente. Pedimos hablar con el que se encargaba de la víctima. El traje era azul marino en esta ocasión, pero el peluquero castrense debía de ser el mismo.

—Decir que Juan era un caso perdido es decir demasiado. Hubiéramos podido enderezar su comportamiento y manera de ser, pero sus padres cometieron un tremendo error llevándolo a una clínica de rehabilitación. Allí conoció a gente que nosotros no podíamos controlar y eso fue su perdición. Pero no siempre las familias son fáciles de convencer. Los señores Gálvez estaban tan angustiados que se abandonaron a la desesperación. En cierto modo es comprensible, son gente ejemplar, el resto de sus hijos se portan bien, son incluso brillantes. Con este chico no sabían qué hacer.

—¿Por qué lo adoptaron? Teniendo más hijos... Quizá usted tiene una explicación.

—Son personas muy religiosas. La señora me contó que, tras dos años sin tener descendencia después de casarse, pensaron que los hijos no llegarían, y luego, ya ve, empezaron a llegar. Pero ellos no hacían ninguna distinción entre los chicos, a Juan lo querían como a los otros, quizá más. La genética les jugó una mala pasada, eso es todo.

Me quedé estupefacta.

—¿Es usted un determinista genético? En ese caso no sé por qué es educador. Con el que nace de padres equivocados no hay nada que hacer.

—No quiero entablar una discusión con usted, inspectora. Sin embargo, nadie puede negar que el alcohol o las drogas que hayan tomado los padres o un tipo de vida heredado tras generaciones influye sin duda en el sujeto.

—Me temo que los padres de Juan cometieron otro error al margen de la clínica de rehabilitación, y fue dejarlo en sus manos.

No se inmutó demasiado. La gente con opiniones

polémicas, sobre todo si son conservadoras a más no poder, suele estar habituada a la incomprensión, afortunadamente.

Al salir me apetecía tomar una cerveza, más bien la necesitaba, esa era la verdad. Garzón no puso ningún inconveniente.

—Ha estado muy bien su salida de tono, me ha gustado. Pero el tío se ha quedado tan campante. Para él ese chico era carne de cañón.

—¡Todos buscan quedar exculpados!, ¿se ha dado cuenta? Es como si estuvieran seguros de que él solito se lo buscó, como si él mismo se hubiera apuñalado. Dudo que ni los padres ni el colegio tengan el menor interés en saber quién lo hizo.

—Quien mal anda, mal acaba. Seguro que ese refrán existe en todos los idiomas del mundo.

—Pues es un refrán que no siempre se cumple. He conocido a cabrones infectos que han acabado de directores generales.

Garzón le pegó un trago concienzudo a su cerveza, me miró con gesto indiferente y preguntó:

—¿Qué sucedería si sólo investigáramos los asesinatos de los que a juicio de la sociedad merecen morir?

—¡Déjese de acertijos, subinspector! Sigamos trabajando, no convirtamos este caso en algo filosófico. Me temo que se trate de un crimen bastante vulgar. Algún camello a quien Juan debía dinero le ha pegado cuatro navajazos. ¿Se ha puesto en contacto con los de Narcóticos de la Guardia Civil?

—Ya los habían avisado antes de que nosotros cogiéramos el caso. Están en ello.

—Bien. Deme la dirección de ese David Carvajal y vamos a interrogarlo. Espero que sus padres no pongan inconvenientes.

Hasta cierto punto no los pusieron, pero no se cansaron de darnos recomendaciones sobre cómo tratar a su hijo durante la conversación. Según ellos, el chico había mejorado mucho en los últimos tiempos y no querían que ninguna influencia negativa se interpusiera en su evolución. Juré con poco entusiasmo que seríamos cuidadosos, me fastidiaba que nos consideraran unos bestias capaces de estropear el equilibrio psicológico de cualquiera por el mero hecho de hablar con él.

David hacía honor a su joven edad: era delgado, desgarbado, impertinente y tenía granos en la cara. Tuvimos que hacerle la misma pregunta tres veces para que se dignara a contestar, pero al final lo hizo, en un estilo francamente coloquial:

—Juan era un tío que estaba bastante jodido, no lo pasaba bien. Él tenía la sensación de que todo el mundo lo presionaba: sus padres, los profesores, la gente en general... Pero, bueno, esa sensación la tenemos todos. Nos dan la vara a base de bien: «Haz esto, no hagas lo otro, esperamos mucho de ti, en esto nos has decepcionado, en lo otro también...». Cualquiera pensaría que, por ser hijos de rico, vivimos como Dios, pero de eso nada. Tenemos menos libertad que un perro atado.

—Me hago cargo —le respondí con un punto de cinismo—. ¿Sabes algo de la gente a la que Juan frecuentaba?

—Si me pregunta por drogas, yo no sé nada. Me

he fumado un par de canutos en la vida, pero me sentaban mal. En cuanto a amigos, sólo me tenía a mí.

—No era el caso de Juan, él sí estaba enganchado a la droga.

—Él era más destroyer y es verdad que le pegaba a las drogas. Se metió en un mal rollo y luego no es que no supiera salir, sino que yo creo que ni siquiera lo intentó.

—¿Qué drogas tomaba, dónde las conseguía?

—Oiga, ya les he dicho que no lo sé. Le había advertido mil veces que dejara de meterse cosas porque acabaría mal. Si te arreas unas cuantas cervezas o un whisky no pasa nada, pero de eso a usar algo más fuerte..., ahí es cuando empiezan los follones, cuando pierdes el control.

—Y él no te hizo caso.

—Le pedí que no me contara nada de esas experiencias suyas, que allá se las compusiera si las cosas le iban mal.

—O sea que él se lo buscó.

—En cierto modo, sí.

Otro Pilatos que añadir a la lista, pensé. ¿Estábamos seguros de que buscábamos al asesino de Juan Gálvez para hacerle pagar por sus culpas o para darle una condecoración? Por muy tristes que estuvieran sus allegados, había consenso general sobre la responsabilidad que la víctima tenía en su propia destrucción. Siempre siento piedad por las víctimas, pero en aquella ocasión empecé a sentirla con más fuerza. Probablemente Juan Gálvez era un chico malo y un cabrón. Con toda probabilidad había desperdiciado las oportunidades que la vida le había brindado... pero, ¡demonio!, al fin y al cabo alguien lo había cosido a navajazos, y eso era algo no previsto como final para una biografía de dieciocho años.

Decidimos *chercher la femme*, aunque la edad de aquella *femme* la situaba más bien en la niñez. Otros dieciocho años de rebeldía y mal humor nos esperaban en casa de Blanca González. Habíamos avisado a su padre de nuestra visita y no puso ninguna pega a nuestra conversación con la chica. El hombre tenía un aspecto de lo más normal tirando a bohemio chic, y su reacción ante aquel crimen me pareció la más humana de todas las que habíamos registrado.

—¡Es terrible la muerte de ese muchacho, asesinado en plena juventud! Sean cuidadosos con Blanca, se lo ruego. Está muy afectada. Ha pasado por una larga mala época, pero ahora estaba francamente mejor. Puede que les parezca egoísta por mi parte, pero tengo miedo de que todo esto pueda provocar una regresión en su estado.

—No se preocupe, seremos cuidadosos. ¿Juan era el novio de su hija?

—Inspectora, sé que salían juntos, pero no en qué punto estaba su relación. Quizá mi hija hable con usted con mayor confianza que conmigo sobre esos temas. Les advierto que está muy enfadada.

—¿Con quién?

—Con el mundo, inspectora, con el mundo, y ese ha sido durante mucho tiempo su estado de ánimo habitual. Sin embargo, hace meses que no prueba las drogas y estaba encarando el nuevo curso que empieza este mes con algo parecido a la ilusión. Espero de verdad que la muerte de su amigo no la haga volver atrás.

Blanca aguardaba en el pequeño jardín trasero de la casa. Tenía el cabello moreno, era delgada, de piel clara, muy bella. Nos miró con adustez y, como único recibimiento, preguntó:

—¿Qué quieren saber?

Utilicé su mismo estilo desabrido y directo para responder:

—Queremos saber quién mató a Juan.

Tragó saliva, se quedó en silencio. Garzón y yo nos sentamos en sendos silloncitos de mimbre sin que nadie nos hubiera invitado a hacerlo. Por fin, ella contestó:

—Yo lo maté.

Ni el subinspector ni yo tomamos en serio aquella confesión abrupta.

—¿Puedes explicarte mejor?

—A Juan no lo mató nadie, se suicidó.

Garzón tomó la palabra y dijo con voz paternal.

—Eso no es posible, Blanca. Lo asesinaron a navajazos en el parque de la Guineueta.

—Se suicidó, y fue por culpa mía. El día antes le había dicho que no quería verlo más, que habíamos terminado.

—Sabemos que todo esto es muy duro para ti —dije—. Pero es necesario que nos lo cuentes todo con detalle.

—Juan ya estaba muy mal. El pobre estaba hundido y sólo faltó que yo le dijera que quería cortar para que ya no le quedara nada por lo que vivir. Por eso les digo que yo lo maté.

—Pero, Blanca... —inició Garzón.

—¡Pero Blanca, nada! —gritó.

Le hice un gesto a mi compañero para que la dejara hablar.

—Yo no podía seguir como estábamos. Ya no podía más. He cambiado, quiero hacer algo con mi vida, quiero volver a empezar y no hacer más gilipolleces. Intenté que me siguiera, que dejara de meterse droga, darle ánimos, pero Juan no quería salir del pozo o no era capaz. Aunque no me extraña. —Su tono, que hasta el momento había sido desafiante pero sereno, se volvió iracundo. En los ojos le centelleaba el odio puro—. No me extraña, porque lo tenían puteado. En el colegio ese que es como una cárcel se la cargaba por cualquier cosa. Yo le pedí a mi padre que me sacara y este curso que viene ya no iré. Pero Juan se lo pidió a los suyos y le montaron un pollo. Sus padres son unos cabrones, son lo peor. Puede que yo haya tenido la culpa por dejarlo abandonado, pero sus padres tienen la culpa de cómo era, de lo jodido que estaba.

—¿Por qué?

—Son unos integristas, unos cabrones. Siempre recordándole que era un niño adoptado, que tenía que aprovechar la oportunidad de la nueva vida que ellos le ofrecían. Lo machacaban con Dios y la religión. Le decían que los había decepcionado, que era malo, que tenía mal fondo y malos sentimientos. Lo jodieron desde pequeño, él me lo contó. Y esos imbéciles de hermanos que tenía, que nunca se ponían de su parte ni lo ayudaban. Le mandaban curas para que hablaran con él y lo convencieran por la religión. ¡Yo qué sé, su vida era una mierda de vida! Lo maltrataban.

—Blanca, que sus padres fueran severos con su educación no significa que lo maltrataran —afirmó el subinspector en un alarde de corrección política.

—Usted puede pensar lo que le dé la gana. ¿Para qué adopta alguien a un niño si luego lo quiere convertir a su manera? ¡Pues que se compre un perro, joder!

Consideré que ya se había desahogado lo imprescindible. Nos había hecho llegar su versión y su protesta. Supuse que si el juez la hacía testificar le contaría exactamente lo mismo y con el mismo vocabulario. Había llegado el momento de concretar.

—Juan no se suicidó, Blanca. Pensamos que alguien del entorno de las drogas pudo haberlo matado. ¿Tienes alguna idea de por dónde podemos empezar a buscar?

Liberada la tensión acumulada, enfrentada a la realidad, se echó a llorar. Le toqué el hombro y no rehuyó mi contacto.

—Es posible que lleves razón y sus padres fueran unos cabrones. A mí tampoco me gustan los integristas religiosos. Pero quien lo apuñaló es un cabrón aún mayor y tiene que pagar por lo que ha hecho. Juan no se merecía morir.

Se dejó llevar por la emoción y lloró desconsoladamente. No la interrumpimos. Cuando estuvo un poco más tranquila, le ofrecí un pañuelo de papel y con él fue limpiándose la cara. Luego empezó a hablar:

—Juan le compraba la droga a un tipo al que llamaban Pinky porque llevaba el pelo medio teñido de rosa. No me pregunten por sus señas, porque no las sé, tampoco el teléfono. Juan siempre se encargaba de contactar con él y, por seguridad, se sabía el número de memoria. Pero yo no veo a ese hombre matando a nadie. Era un pobre desgraciado y las drogas que le comprábamos eran todas muy *light*. No era como los capos de las películas, inspectora. Yo no creo que él lo hiciera, de verdad, se lo juro.

Le acaricié el pelo. Allí la dejamos. Sentí piedad por ella. Puede que hubiera encontrado la salida a su amarga situación, pero aquellos acontecimientos gravitarían siempre sobre su vida.

Antes de pisar la calle, Garzón ya había llamado a la brigada antidroga de la Guardia Civil. El nombre de Pinky les sonó enseguida. «Como si fuera de la familia» fue la expresión que utilizó el sargento. Nos facilitaron una información detallada: «Un tiparraco de unos cincuenta años, con el pelo rosa. Trapichea por aquí y por allá. No está conectado con ninguna organización importante, pero nos dicen que va bien surtido de material. No lo trincamos porque a veces nos hace de confidente». Luego preguntaron: «¿Os lo servimos en bandeja?». A lo que yo respondí: «Sería un detalle encantador».

Si les hacía de confidente a los guardias civiles, lógico era pensar que, ante la perspectiva de verse envuelto en un crimen, largara todo lo que sabía y aún más.

—A no ser que lo haya cometido él —objetó el subinspector.

—No da el perfil —comenté.

—Mire, inspectora, he visto perfiles más bellos que el de Cleopatra que luego han resultado de asesinos convictos.

—¡No me ponga nerviosa, Fermín!

Sonó su móvil. Mientras contestaba, pensé que su perfil era el de una lustrosa y cordial foca. Lo oí afirmar, negar..., colgó y dijo:

—La autopsia está concluida. El forense aún no ha enviado el informe, quiere hablar personalmente con nosotros.

—¿Por qué?

—Verá, inspectora. Me ha parecido muy poco profesional preguntar por qué. Era justo lo que yo le preguntaba a mi mamá cuando tenía siete años.

—Ahora sí me ha puesto nerviosa de verdad.

Mi nerviosismo derivó en estupor después de hablar con el médico legal. No mostró el menor atisbo de duda al afirmar:

—Es un caso insólito, señores. El muchacho no murió por causa de las puñaladas recibidas, que le fueron asestadas con posterioridad, sino que fue una sobredosis de drogas mezcladas lo que le paró el corazón. Su cadáver fue movido después, tenemos la seguridad de que fue así debido a pequeñas contusiones y rozaduras en muñecas y tobillos. También tenía golpes de bajo impacto en el occipital, señal de que su cabeza había golpeado al chocar contra el suelo o, eventualmente, una escalera.

Nos miró, buscando la explicación que nosotros esperábamos de él. Viendo que no reaccionábamos, añadió:

—Se han dado algunos casos en jóvenes que se

drogaron en un grupo de amigos. Cuando los demás descubren que al compañero se le ha ido la mano, entran en pánico y, en vez de llevarlo a un hospital, lo trasladan a un lugar que no haga recaer las sospechas sobre ellos. ¿Podría ser algo así?

—¿Y los amigos le dan de puñaladas para alejar más las sospechas?

—No hay literatura médica sobre algo parecido, pero sería una vuelta de tuerca sobre el mismo tema. Son chavales muy jóvenes que, entre el efecto de la droga y su poco sentido común, pueden reaccionar de cualquier manera.

—¡Joder con los chavales! —soltó Garzón—. Pues para tener poco sentido común han resultado de lo más retorcido.

—No hablamos de chicos ejemplares.

—¿Qué drogas han encontrado en su cuerpo? —pregunté.

—*Crack*, cocaína, anfetas... Nada letal en sí mismo, pero sí mezclado y en las cantidades que lo consumió.

—¿Cuánto tiempo transcurrió desde la muerte hasta las puñaladas?

—No es fácil de determinar, inspectora. Aún sangró un poco, se puede aventurar que el periodo fue corto, no más de veinte horas.

Nos quedamos todos mirándonos como estúpidos. Cada uno pensaba para sí mismo. El forense intentó ayudarnos de nuevo:

—¿Han indagado en sus redes sociales? A veces esos chicos entran en sitios raros que les meten ideas en la cabeza.

—Están analizando su móvil y su ordenador, pero en un primer informe no han detectado nada raro.

—Perdonen que me meta donde no me llaman, pero es que siento curiosidad, el caso es muy extraño.

—La compartimos, doctor. Gracias por todo.

Salimos del Instituto de Medicina Legal sin hablar. Sabíamos que era inútil cualquier comunicación. No había nada que decir. Garzón miró la hora.

—¿Y si lo dejamos por hoy?

—Debe de estar usted de broma. Cuanto más tiempo pasa desde la muerte, más difícil resulta investigar.

—Eso es de cajón, inspectora; pero también es de cajón que el ser humano tiene unas limitaciones que no se pueden ignorar.

—¿Y quién le ha dicho que somos seres humanos? Llame al sargento de la Guardia Civil.

—Yo sí soy un ser humano. Déjeme llamar antes a mi mujer. Por lo menos que sepa que estoy currando.

—De acuerdo, yo llamaré a Marcos mientras tanto.

Alertamos brevemente a nuestros cónyuges separándonos un poco. Al acabar pregunté:

—¿Qué le ha dicho Beatriz?

—Que ante todo está el deber. ¿Y su marido?

—Le tengo prohibido que pronuncie la palabra *deber*, por si acaso se le ocurre enumerar los de una esposa.

—¡Joder! A veces pienso que es una putada tenerla como jefa, pero me consuela que como esposa debe de ser mucho peor.

—¡Nunca me hubiera casado con usted!

—¿Ah, sí, y por qué no?

—No soporto a los seres humanos.

El sargento Alcántara nos dijo que todavía no tenían a Pinky. Como la noticia de la muerte de Juan aún no había saltado a los periódicos, no pensaban que estuviera escondido. Tenían la seguridad de encontrarlo en un par de horas apostado en la plaza de Sarrià, donde siempre solía ir para ver en qué podía servir a los niños pijos. Decidimos comer algo mientras se producía la caza de aquella alimaña de pelo rosa.

Garzón se lanzó sobre un plato de calamares como si no existiera un mañana. Yo estaba tan confusa, tan despistada y anhelante con el desarrollo del caso que preferí limitarme a una tortilla sin rellenar. A la cerveza sí le pegué, porque necesitaba un apoyo interior que nadie sino un poco de alcohol podía proporcionarme. Todo daba a entender que habíamos entrado en la senda de una pandilla de niños bien que se habían propasado en todos los sentidos. Si la hipótesis del forense era cierta, los problemas con familias y periodistas serían históricos. Unos escondiendo la carnaza y los otros intentando despedazarla entre sus fauces. Ni siquiera la cerveza consiguió sacarme de mi mal humor.

Encontraron a Pinky exactamente donde pensaban: haciendo negocio con los adolescentes en la plaza de Sarrià. Tuvieron el detalle de servírnoslo en bandeja trayéndolo hasta comisaría. El tipo estaba francamente asustado. Tenía costumbre de tratar con la Guardia Civil, pero que lo transfirieran a la Policía

Nacional hizo que saltaran todas sus alarmas. Cuando le comunicamos que investigábamos el asesinato de Juan Gálvez se puso al borde de la locura: juraba, perjuraba, hacía vibrar su irritante voz aguda, manoteaba con sus dedos llenos de anillos. Temí por mi salud mental. Harta de su brote histérico, grité:

—¡Basta! Permanezca sentado, quieto y callado. Sólo conteste a las preguntas que le hagamos.

Fue inútil, no dejaba de parlotear:

—¿Un asesinato? Inspectora, yo no sé nada de eso. Puedo no ser un santo, pero de crímenes, ni hablar...

Garzón solucionó el problema por la vía directa. Lo tomó por el hombro, lo empujó con fuerza hacia el asiento y se limitó a decir:

—¡Ya está bien de gilipolleces, mamón!

Fue como un bálsamo, como una bendición divina. Quizá reconociendo el trato que le era familiar, Pinky se quedó en su silla con la boca cerrada.

—¿Conocía usted a Juan Gálvez? —aproveché para preguntar.

—No sé quién es —respondió tan pimpante.

Garzón le plantificó ante los ojos una foto del muchacho.

—¡Ah, sí! Me compraba de vez en cuando.

—¿Qué le compraba?

—Pues maría, inspectora, no iban a ser corbatas.

—¡Limítate a contestar, capullo, sin comentarios de tu cosecha! —aulló el subinspector.

—Ha aparecido muerto —dije sin especificar cómo—. Queremos saber si la semana pasada le vendiste algo especial.

—Verá, inspectora, yo el material fuerte no lo toco.

Me limito a la grifa, las anfetas, algún tripi y poca cosa más. Eso lo sabe la Guardia Civil.

—De acuerdo, sigue.

—Pero si en alguna ocasión un cliente me pide un exceso, pues... hago lo que puedo para servirle, aunque nada de heroína, ¿eh? Se lo juro por Dios.

—Vale, gusano, no te vamos a enchironar por eso, los colegas de la Civil ya sabrán lo que hacen contigo, pero ahora contesta de una puta vez.

La tercera intervención de mi compañero resultó oportuna también. El camello confesó por fin:

—Ese niñato, porque era un niñato como todos los del barrio por más muerto que esté, me encargó hace un par de semanas un buen montoncito de material variado. Le llamé cuando se lo conseguí y quedamos. Le advertí, porque yo siempre les advierto a esos nenes de papá, se lo juro por Dios, inspectora, le advertí diciéndole: «Oye, chaval, ten cuidado. Como te metas todo esto, revientas». Él me contestó que tenía una fiesta y que los invitados les daban a cosas más fuertes que él.

—¿Te dijo quiénes eran esos invitados o dónde hacía la fiesta?

—¿Usted qué cree, inspectora? Tampoco me dijo si irían vestidos de etiqueta.

—Un chistecito más y te coso a hostias, desgraciado.

—Su compañero tiene muy poco sentido del humor, inspectora.

—Él es así, Pinky; en cualquier caso, te salió mal el aviso, porque el chico sí consumió todo lo que le vendiste, y a la vez, y está muerto por eso.

—¿No me ha dicho que fue un crimen?

—¿Es que tú sabes que lo mataron de otra manera? Cuéntanos.

Observé en su rostro envilecido que no entendía nada. Me miró con desconfianza.

—¿Quiere tenderme una emboscada o hacerme alguna de esas putadas de la poli?

—¿Dónde estabas el viernes pasado a partir de las doce de la noche?

No le hizo falta pensar demasiado:

—En el club Liberty. Siempre voy los viernes a esa hora. Hay chicas monas. Buena bebida y la música está bien.

—Lo comprobaremos. De momento, quedas detenido.

—¡¿Qué, cómo?!

Reinició otra crispante retahíla de protestas y promesas de inocencia. Cuando se lo llevaron, sentí algo muy parecido a la paz de espíritu. Garzón y yo nos miramos:

—Nadie le obligó a tomar esas drogas —dijo él.

—Y este tipo no sabe nada de los navajazos —añadí.

—Eso mismo pienso yo.

No dije nada más, aunque hubiera debido felicitar al subinspector; sus brutales intervenciones en el interrogatorio no sólo habían resultado certeras, sino que eran un prodigio de acoso policial: capullo, mamón, gusano... Ni una sola vez había repetido los insultos que le dirigió al testigo. Un auténtico alarde de estilo que no se aprende en un manual.

Comprobamos su coartada y resultó cierta. Sólo porque era carne de cañón se pasó la noche entera en el calabozo. Gajes del oficio de camello, la injusticia es a veces merecida.

Antes de que nos quedáramos vacíos de ideas, llegó a comisaría el informe del móvil y el ordenador de la víctima. Y antes de que pudiéramos empezar a comentarlo, Garzón me advirtió:

—Los padres del chico cada vez llaman con más frecuencia preguntando cómo llevamos el caso. También quieren estar bien seguros de que se respetará el secreto que ha decretado el juez. Les da pánico que el nombre de su hijo se haga público.

—Normal, siendo como son. ¿Y usted qué les contesta?

—Que todo se hace con la máxima discreción y que las pesquisas van por buen camino.

—No es muy original, pero puede que hasta sea cierto.

—Además, siempre añado: «Con la ayuda de Dios». Siendo como son, supongo que hacen aprecio de la frase.

—Es usted un *crack*, Fermín. Si usted no hubiera nacido, la evolución de la especie no estaría completa.

Se rio entre dientes, suspiró:

—Estoy muy cansado, inspectora.

—Es hora de irse a dormir.

Había renunciado a mi vida privada mientras durara la investigación. Mi marido estaba al tanto de ello, sobre todo por si se extrañaba de verme entrar y salir de casa sin prestarle la menor atención. Esa noche coincidimos en la cocina. Sonrió mientras yo hacía ademán de caer derrengada al suelo.

—Ni siquiera me atrevo a preguntarte qué tal —dijo.

—Me conoces bien. Se trata de un caso que no debería ser complicado, pero por alguna razón lo es. Encima, se trata de un entorno sensible por el que hay que andar pisando huevos.

Al explicarle someramente el caso de Juan Gálvez me di cuenta de que su gesto se ensombrecía primero, se preocupaba después. Adiviné enseguida las razones.

—Piensas en tus hijos, ¿verdad?

—¡Todo es tan complicado hoy en día! Convives con ellos, los observas distraídamente hacer sus vidas, charlas de vez en cuando..., pero no sabes qué sucede dentro de sus cabezas, ni por qué camino van en realidad. Es un mundo opaco para los padres y me temo que seguirá siéndolo siempre.

—No te hagas mala sangre, los chicos están bien. Sus riesgos de base son mínimos: no son adoptados, ni tú eres un integrista religioso.

—Pero son de dos madres y yo me he casado tres veces, tampoco es para ellos la situación ideal.

—Eso sí que no variará nunca con los años, querido. Los padres se sentirán siempre culpables, pase lo que pase, sea cual sea la circunstancia familiar.

—Puede que lleves razón.

—Suelo llevarla siempre —bromeé. Y luego añadí, más seria, hablando en el fondo para mí misma—: No es el caso de esta familia, yo creo que los padres le reprochan el comportamiento al hijo en un cien por cien. Deben de tener la culpabilidad reservada contra las faltas a la ley de Dios.

Me preparé un vaso de leche caliente, le di un beso en los labios a Marcos y subí a acostarme. En mi mente no cabía ni un pensamiento más.

Al día siguiente constatamos que los teléfonos de los pocos amigos de Juan eran los únicos registrados en su lista de llamadas: David y Blanca, nadie más. Sin embargo, no había constancia de comunicación con ellos en el tiempo previo a la muerte. Aparte de eso, estaba el teléfono de sus padres y otro que no sabíamos a quién pertenecía. Curiosamente, ese número era el único que registraba una llamada que efectuó Juan unas horas antes de morir.

—Habrá que preguntar en la familia por si tienen idea.

—Y si no, habrá que pedir que nos busquen al titular.

—Eso lleva tiempo, Garzón.

—Pues voy a pedir que lo hagan ya. Si lo averiguamos por otro lado, pasamos nota de que corten la búsqueda y en paz.

Después del teléfono, venía el informe del ordenador. Juan visitaba de vez en cuando las páginas habituales de cualquier muchacho de su edad: fútbol, deportes en general, descargas musicales desde YouTube, consultas de estudio a Wikipedia... En el Departamento de Informática nos habían señalado algunos hallazgos que merecían especial atención. El chico se había detenido en páginas sobre anorexia, sobre trastornos mentales, en una web de sucesos truculentos, en otra que invitaba a los jóvenes al suicidio, en alguna especializada en sexo con mujeres desnudas y había reincidido en varias que trataban sobre los diversos efectos de las drogas.

—El lado oscuro de Juan —declaró Garzón.

—Apuesto a que si revisáramos toda la navegación virtual de todos los jóvenes del país, aparecerían esas páginas u otras parecidas. Internet permite observar la parte más siniestra de la vida. La curiosidad del adolescente está en plena efervescencia y echar una ojeada carece de riesgo real. ¿Qué hubiéramos hecho nosotros en nuestra juventud si hubiéramos contado con esa posibilidad?

—A mí ni se me ocurre. ¡Éramos tan tontainas!

—¿No participaba Juan en redes sociales?

—Pues no, ya ve, en eso se parecía a los más antiguos. Para nosotros todas las redes eran de pesca y, estando Franco aún vivo, la palabra *social* ya tenía su peligro.

—Este chico era raro, Fermín.

—¿Por dónde seguimos, inspectora?

Interrogamos de nuevo a David, a Blanca, pero ninguno de los dos reconoció el teléfono de las llamadas misteriosas. Convocamos al matrimonio Gálvez, que apareció por comisaría digno y sereno. El número telefónico nada les dijo.

—¿Hasta cuándo puede durar esto, señores? —preguntó Ricardo Gálvez con adustez.

—Hacemos lo que podemos —respondí. Me dirigí a mi antigua compañera—: Tú sabes que para la policía este es un asunto muy importante, Maricruz. También lo es para mí personalmente.

Su mirada fue gélida. No respondió. Si había existido entre nosotras algún punto de complicidad, obviamente se había esfumado. De cualquier modo, aproveché su estancia allí para indagar por una dirección que no habíamos explorado.

—¿Saben algo sobre la familia biológica de Juan?

El cabeza de familia fue rápido y taxativo al responder:

—No hay tal familia. Una madre joven y soltera, de la que no sabemos ni el nombre, dio a ese niño en adopción antes del parto. No hemos tenido noticia de ella. Nosotros estábamos en lista de espera y se nos avisó con antelación. Nos advirtieron de que esa chica podía arrepentirse en el último momento y reclamar a su hijo para sí misma, pero no se dio el caso.

Maricruz se inquietó un poco, preguntó:

—¿Es que hay algún indicio en ese sentido?

—No, no lo hay; pero debemos explorar todas las posibilidades.

—Confío en que no hagan acusaciones sin una base real —espetó desabridamente el marido.

—No tenemos esa costumbre, señor Gálvez. Trabajamos siempre conforme a la ley y poniendo nuestra mejor voluntad.

—Eso espero —fue su lacónica contestación. Y luego añadió con teatralidad—: Dios valora la justicia por encima de las demás virtudes.

Salieron del despacho casi sin despedirse. Pude ver cómo brillaba una cruz de oro colgada del cuello de ella.

—¡Joder con su compañera de curso! —exclamó Garzón.

—Sí, me arrepentía de haberme burlado de ella y ahora me arrepiento de no haberle dado algún coscorrón entonces que podía.

—¿No se habrán cargado ellos a ese hijo que les ha estropeado el cuadro beatífico?

—Ese chico murió de sobredosis, subinspector, y los que estaban con él se asustaron y montaron el escenario de un crimen. Lo hicieron fatal porque eran jóvenes e inexpertos. Esa sigue siendo la única hipótesis que se mantiene en pie.

—Pues en ese caso hay un grupo de por lo menos dos jóvenes inexpertos que se están escapando a nuestro control. Porque fueron al menos dos personas las necesarias para apuñalarlo y trasladarlo, o al revés. Sigamos por ahí. Hay que volver a ese maldito colegio y hablar con sus compañeros de curso, con cualquier chico que hubiera tenido el más mínimo contacto con él.

Se me encogió el corazón. Garzón estaba en lo cierto, pero seguir la investigación por ese camino significaba una vuelta atrás, también abrir mucho el campo de las pesquisas. Y ambas cosas eran negativas, alejaban la posibilidad de una pronta resolución e implicaban enormes dificultades que se encargarían de plantearnos los directivos del centro educativo. Por no hablar del peligro claro y efectivo para el secreto del sumario impuesto por el juez. ¿Cómo evitar filtraciones cuando se interroga a un montón de jovenzuelos? Pero no parecía existir otra solución: a grandes males, grandes remedios; de modo que nos encaminamos a aquel colegio hiperintegrista y megacárcel que me causaba la peor de las impresiones.

Mis funestos barruntos se hicieron realidad. Pusieron dificultades el director, el jefe de estudios, el tutor del curso y si *El Holandés Errante* hubiera pasado por allí en uno de sus periplos, también se hubiera puesto en contra nuestra. Por fin se llegó al compromiso de interrogar a los chicos uno a uno y en un remoto despacho donde nadie pudiese vernos.

La experiencia fue una auténtica pesadilla. Aquellos chicos se comportaban al revés de como hubiera sido lógico para mí: entraban asustados y salían tan frescos después de haber hablado con nosotros. Era como si todos ellos consideraran algo normal que Juan Gálvez hubiera acabado sus días prematuramente y en circunstancias poco claras. Sabían que había muerto, pero tras varios testimonios, comprendimos que se había extendido la versión de que había sido asesinado. Cuando les decíamos que había muerto por sobredosis era como si se llevaran una decepción. Por otra parte, ninguno de los interrogatorios aportaba la más mínima luz. Nadie sabía que tuviera amigos con los que se diera al disfrute de las drogas.

Por si esas desgracias fueran pocas, al tercer día recibí una llamada de Maricruz. ¿Esa era nuestra idea de la discreción, decir a los compañeros de curso de su hijo que había muerto a causa de la droga? Me puso verde, me anunció una querella, me prometió que removería cielo y tierra entre mis jefes para que me apartaran de la investigación. En un momento determinado, nuestro pasado común volvió hasta mí y la envié al infierno sin más contemplaciones. Sentí un placer descomunal al hacerlo, pero era una mala solución.

Antes de que la sangre y nuestra desesperación llegaran al río, sucedió algo que puso de manifiesto varias cosas: primera, que Dios sí debe de existir, y segunda, que el trabajo policial no es nada hoy en día sin un equipo técnico que lo respalde. Llamaron los compañeros que se ocupaban de averiguar quién era el titular del número telefónico solicitado y dijeron una frase que se me antojó genial en su simplicidad: «Ya lo tenemos». Cuando soltaron el nombre era tanta mi expectación que me bloqueé e hice que lo repitieran.

—Enriqueta Rubiales. ¿Le suena de algo, Petra?

Confundida, afirmé, negué y lo dije en voz alta dirigiéndome a Garzón:

—Enriqueta Rubiales.

Él achinó los ojos como buscando el resultado de un problema difícil y los dos unimos nuestras voces para decir:

—¡La interna de los Gálvez!

Colgué. El destino nos llevaba hacia el punto de origen.

Garzón ya iba presuroso camino del coche cuando lo atajé.

—No se le habrá pasado por la cabeza ir a interrogarla a casa de los Gálvez, ¿verdad?

—¿Mejor llamarla por teléfono?

—Ni hablar. Esperaremos paciente y discretamente cerca de la casa y la abordaremos cuando la veamos salir.

—¿Usted recuerda su aspecto?

—Creo que sí.

Me pareció reconocerla tras dos horas apostados frente a la casa de los Gálvez. Salió caminando pesadamente arrastrando un carrito de la compra. Vimos que se dirigía al cercano supermercado de la esquina. Marqué su número de teléfono y rápidamente empezó a buscar en su bolso. Era ella sin ninguna duda.

—¿Puede acompañarnos a tomar un café?

Ella también me reconoció. Una cafetería sería el lugar más tranquilo. Mientras entrábamos y nos sentábamos, comprobé que su cara surcada de arrugas había adoptado una expresión cercana al miedo. Procuré tranquilizarla.

—Enriqueta, no pasa nada. Sólo queremos hablar un rato con usted. Tomaremos un café y podrá marcharse, ¿de acuerdo?

Asintió, pidió su café, pero la mano le temblaba tanto que no conseguía llevárselo a la boca sin derramarlo. De modo sereno empecé a hablar.

—Resulta, Enriqueta, que al parecer la última persona que habló con Juan fue usted. Está marcado su número en el teléfono de él unas horas antes de morir.

Se puso colorada y empezaron a caerle lágrimas por la cara. Negó con la cabeza. Antes de que se arrancara a hablar la advertí:

—Es importante que diga la verdad. Si no nos dice exactamente lo que pasó, todo se complicará, para usted y para los demás.

Aguardamos hasta que se secó las lágrimas y se sonó ruidosamente.

—No habló conmigo; bueno, sí que lo hizo, pero

muy poco. Es que tengo que explicarme para que puedan entenderlo.

—Explíquese, tenemos todo el tiempo del mundo.

—Hace más de veinte años que trabajo en casa de los señores Gálvez. Cuando volvieron del viaje de novios ya me contrataron, así que echen cuentas. Luego vino Juan y después los otros tres chicos. Yo los he criado, se puede decir. Ellos confían mucho en mí, casi más que en su madre. Y no es porque doña Maricruz no los quiera, que sí que los quiere, pero ella es siempre muy severa, y yo no lo soy. La mayor de los chicos es Ana, y ella y su hermano Juan siempre han estado muy unidos, más que con los dos pequeños, que aún son críos.

No la habíamos interrumpido, pero se calló. Levanté las cejas para que continuara.

—Cuando Ana y Juan querían hablar por teléfono sin que sus padres lo supieran, me llamaban al mío y yo se lo pasaba. Es que los señores les tenían controladas las llamadas. ¡Pasan tantas cosas con los jóvenes hoy en día! ¡Y como Juan había dado tantos problemas!, y Ana tiene sólo quince años. Ese día llamó Juan y quiso hablar con su hermana. Fue la última vez que lo oí.

Se echó a llorar. Garzón le dijo:

—Los padres se pasaban un pelo, ¿no le parece?

—Los señores siempre han sido muy de orden, cada uno es como es.

—¿Sabe de qué hablaron los chicos?

Negó con la cabeza. Le pedimos que no contara a sus patronos nada sobre nuestra conversación. Lo juró. Luego dijo tristemente:

—Si se enteran de lo del teléfono, me echarán. ¡Con tantas mujeres que hay libres ahora! Ucranianas, ecuatorianas. Yo ya estoy vieja y aprovecharán la ocasión.

La dejamos marchar después de haberle preguntado los horarios y las actividades de Ana al cabo del día. Sinceramente yo había creído que ya no existían casos así: chicas de servicio ligadas de por vida a una familia, pero el pasado parece imponerse por encima de cualquier modernidad, y la modernidad estaba reñida con los Gálvez.

—A por la chica —exclamé—. Ha dicho que los martes a las siete va a natación en las piscinas Picornell. Allí la esperaremos.

—Un momento, inspectora. ¿Y el permiso del juez? Es una menor.

—Si le preguntamos, corremos el riesgo de que no nos lo dé.

—Pero sin ese permiso no podremos utilizar lo que nos diga.

—¡No me maree, Fermín! Correremos el riesgo. Según lo que cuente, luego le preguntamos al juez.

Sacudió la cabeza, dejándome por imposible. Yo no estaba dispuesta a que se nos escapara aquella pista. Ya lo arreglaríamos de alguna manera. Había aprendido con los años que siempre hay un sistema para saltarse la legalidad.

Desde las seis de la tarde hicimos guardia en la sala de entrada a las piscinas. Le habíamos dicho a la recepcionista que estuviera atenta a la llegada de Ana Gálvez y nos avisara de quién era. Nuestra placa policial la convenció. A las siete menos cuarto en punto, hizo un gesto discreto señalando a una chica que entraba cargada con una mochila. La abordamos enseguida.

—Somos policías, Ana, y estamos investigando la muerte de tu hermano.

No se inmutó demasiado. Era alta, muy rubia, con unos ojos grises fríos como hielo, casi traslúcidos. El parecido con su madre resultaba notable.

—¿Hay algún bar en estas instalaciones? —pregunté.

—La cantina —musitó.

Allí fuimos. Estaba tranquila, nos miraba sin la más mínima curiosidad. Le contamos cuál había sido el testimonio de Enriqueta. Asintió inmediatamente.

—Es verdad. Juan me llamó unas horas antes de morir.

—¿Qué te dijo, Ana? Es básico que digas la verdad.

—Dijo que se iba a suicidar, con drogas.

Perdimos el habla, tanto Garzón como yo. Por fin pude restablecerme un poco de la sorpresa.

—¿Qué quieres decir?

—Pues eso. Me llamó para despedirse. Me dijo que ya estaba harto y no podía más.

—¿Y tú?

—Yo lo comprendí.

—Pero..., ¿no intentaste disuadirlo, decírselo a alguien, intervenir?

—¿Para qué? Toda la vida con broncas, con castigos, clínicas de desintoxicación, disgustos, sufrimientos... Le pareció que ya no podía más. Si hubiera intentado hacerle cambiar de idea, se hubiera matado cualquier otro día. Y si se lo hubiera contado a alguien, Juan no me lo hubiera perdonado jamás.

—Y entonces, ¿cómo explicas lo que pasó, por qué lo encontraron al día siguiente en un parque con varias puñaladas?

—No sé lo que pasó.

—¿No volvió esa noche a casa?

—Yo estaba en la cama y procuraba no dormirme por si lo oía entrar, pero me dormí y no me enteré de nada, además nuestras habitaciones están apartadas. A la mañana siguiente mi madre no me dejó entrar en su habitación, nos metió muchas prisas a todos para que nos marcháramos al colegio. Me imaginé que no había vuelto y que mi madre no quería que nos diéramos cuenta.

—¿Qué os dijeron sobre la muerte de Juan?

—Nada, que se lo había llevado Dios. Me enteré de todo por las redes sociales.

—¿Y no te sorprendió lo que averiguaste?

—No. A lo mejor antes de suicidarse alguien lo había atacado. Tenía amigos drogotas. De todas maneras, él quería morir y estaba muerto; ya todo daba igual.

Era inusitada su aparente indiferencia, el control absoluto sobre sus emociones, si es que las tenía.

—¿Puedes hacernos un favor?

—Sí, no hay problema.

—Podemos meternos en dificultades si se sabe que hemos venido a hablar contigo, aún eres menor de edad. Si fuera necesario, ¿podrías decirle al juez que has sido tú quien nos localizó?

—Si eso puede fastidiar a mis padres, lo haré con mucho gusto.

—¿Tú tampoco eres feliz en tu casa?

—Pues claro que no, mis padres son odiosos, pero yo soy más fuerte que Juan. Estoy esperando. Cuando cumpla veintiuno me largaré y no volverán a verme nunca más. Pero ahora aún no me conviene.

Dejó una estela de siniestra serenidad tras de sí. Se fue a su clase de natación. Garzón simuló un aparatoso escalofrío que lo recorrió de pies a cabeza:

—¡Joder con la familia de orden! Esa niña me pone los pelos como escarpias. Además, miente.

—No esté tan seguro, Fermín.

—¡¿Cómo?! ¿Qué es lo que quiere insinuar?

—Insinúo, e incluso afirmo, que quizá ya hemos dado con la solución. Voy a hacer un par de llamadas.

Cité en comisaría a Enriqueta Rubiales. Le advertí que no se trataba de una conversación clandestina como la anterior, sino que era llamada oficialmente a declarar. Estuve hablando largamente con ella en mi despacho sobre las consecuencias que podía acarrearle ocultarnos información. También cité a Maricruz y su marido. Él protestó, porque estaba en una importante reunión de trabajo. Del mismo modo que lo había hecho con Enriqueta, especifiqué que aquella era una convocatoria con rango de interrogatorio.

Crucé fuertemente los dedos. El subinspector ya los tenía cruzados desde el momento en que supo lo que me proponía hacer. Pedí al policía Domínguez que, cuando llegara la pareja, los pasara directamente a la sala de interrogatorios. Eso fue lo primero que alteró a Ricardo Gálvez. En cuanto nos vio entrar nos increpó como si la autoridad residiera en él por derecho divino.

—¿Se puede saber qué hacemos aquí?

—Debemos advertirles que se grabará su declaración y que pueden llamar a un abogado si lo desean.

—¡Qué abogado ni qué ocho cuartos! Quiero saber qué hacemos aquí y de qué se nos acusa.

—Están aquí para esclarecer la muerte de su hijo Juan.

—Ya hemos venido otras veces. Siempre hemos ofrecido nuestra colaboración. ¿A qué viene entonces tanta oficialidad?

—Enseguida lo comprenderá, señor Gálvez, tome asiento y charlemos.

Se sentó de pésimo talante. Sus miradas irradiaban fuego. Pregunté, con toda la tranquilidad de la que fui capaz:

—¿Puede alguno de los dos recordar a qué hora llegó su hijo a casa la noche de autos?

—Nuestro hijo no vino a dormir esa noche, eso ya lo hemos declarado. Por la mañana vimos que su habitación estaba vacía, pero como ya había faltado otras noches, eso no nos alarmó —respondió Maricruz.

—Yo creo que sí llegó a su casa esa noche. De hecho, pensamos que llegó, se metió en su habitación y consumió un potente cóctel de drogas que había adquirido, poniendo así fin a su vida.

—¡Eso es ridículo! —saltó el padre de su asiento.

Garzón lo increpó:

—¡Siéntese!

—¡Pero cómo se atreven a decir que...!

—¡Siéntese o llamaré para que se lo lleven detenido!

Salí al pasillo y le pedí a Domínguez que trajera a Enriqueta Rubiales. Verla ocasionó una explosión en ambos miembros del matrimonio.

—¡Enriqueta!, ¿qué haces aquí?

La mujer estaba intimidada y debía de haberse pasado llorando todo el tiempo en que la dejé sola, porque tenía los ojos encarnados e hinchados, la nariz moqueante. Garzón puso orden de nuevo:

—No les repetiré más veces que se sienten y permanezcan callados.

Enriqueta se sentó donde le indiqué, no miraba a sus empleadores, sino que mantenía la vista fija en el suelo.

—¿Puede contar una vez más qué pasó la noche de la muerte de Juan Gálvez, por favor?

—Juan llegó a casa a las dos de la madrugada. Lo oí porque mi habitación está cerca de la puerta de entrada. Siempre lo oía cuando llegaba tarde. Luego oí los pasos hasta su habitación y cómo cerraba la puerta. Seguí durmiendo tranquilamente. Sobre las cinco de la mañana sonó un grito medio ahogado. Me levanté, asustada, y salí al pasillo. La señora tenía abierta la puerta de Juan y estaba quieta y parada en el pasillo, delante de la habitación del chico, iba en camisón. Me dijo muy alterada: «¡Métete en tu habitación!», y la obedecí. Pensé que Juan había hecho una de las suyas. Después oí cómo el señor y la señora hablaban en voz baja. Al cabo de un rato, el señor llamó con los nudillos a mi puerta. Me levanté y le abrí. Iba completamente vestido como para salir a la calle. Entonces me dijo que me fuera a la otra ala del piso, que es donde están el salón y las habitaciones de los otros niños. Me mandó que me echara en el sofá y que vigilara que no se despertaran los chicos. Había habido un escape de gas en el lavabo al lado de la entrada e iba a buscar a alguien que lo arreglara, porque era peligroso. Me extrañó un poco, pero no demasiado porque el piso es antiguo y eso había pasado alguna otra vez tiempo atrás.

—¿Y qué más?

—Nada más. Me dormí como un tronco en el sofá del salón, tapada con mi bata. A las siete de la mañana me despertó la señora, ya vestida, y me dijo que todo estaba arreglado, que fuera a la cocina a preparar el desayuno de los niños porque iba a despertarlos para ir al colegio. Me dijo que no preparara nada para Juan porque no había venido a dormir. Cuando todos se habían marchado y empecé a hacer las camas vi que era verdad, la de Juan estaba sin deshacer. Luego ya llegó la terrible noticia.

—¿No pensó que era raro que Juan no hubiera acudido a dormir si usted lo había oído?

—No, pensé que debía de haberme equivocado. Luego ya estaba tan desesperada por la muerte del chico que no pensé más.

Me volví hacia la pareja. Maricruz estaba colorada, su marido, completamente pálido. Antes de que se les ocurriera hablar me dirigí a ellos:

—El suicidio es un pecado terrible, ¿verdad, Maricruz? A las cinco de la mañana te despertaste, inquieta por si Juan no había vuelto. Lo descubriste muerto en su habitación. Llamaste a tu marido. Deliberasteis sobre la situación y la decisión fue alejar el cadáver de la casa, borrar cualquier traza de que fue Juan quien se dio muerte por su propia voluntad. Lo bajasteis cada uno de un brazo embozado con un abrigo hasta el parking y luego lo trasportasteis en coche hasta un parque, el primero que se os ocurrió. La idea de las puñaladas parece un poco infantil, pero no lo es. Aunque la autopsia determinara que había muerto de sobredosis, las puñaladas indicaban que estaba con alguien, alguien que pudo obligarlo, inducirlo o engañarlo para tomar las drogas. Alejada por fin la sombra del suicidio. Una familia católica ejemplar puede permitirse tener un hijo drogadicto, pero jamás un hijo suicida. El castigo por una mala vida sólo puede venir de Dios. ¿Cómo presentarse con ese pecado delante de los amigos, los profesores, la sociedad en general?

Ricardo Gálvez se hundió. Se tapó la cara con las manos para soltar unos sollozos secos, varoniles, convulsos. Recuperó la fuerza necesaria para decir:

—Fue por los hijos, inspectora, por los hijos. Puedes decirles que su hermano iba por mal camino y ha acabado fatal, pero ¿cómo decirles que se había...? —no pudo acabar la frase.

Enriqueta Rubiales también se echó a llorar. La única que permanecía inalterable era Maricruz. Me miró con sus ojos de vidrio, secos e inexpresivos, y me dijo:

—Siempre supe, Petra, que algún día me harías daño de verdad.

Al día siguiente, ni Garzón ni yo nos habíamos recuperado de aquel trauma. Supuse que para el juez sería aún peor: ¿cómo tipificar un delito semejante?

—¡Vaya regreso, inspectora, necesito irme otra vez de vacaciones!

—No creo que al comisario le guste la idea.

—El año que viene escogeré septiembre para largarme. No puedo arriesgarme a que se encuentre usted con otra excompañera de curso tan borde como esta.

Era cierto. Nunca hubiera debido pensar que septiembre es un mes exclusivamente escolar, remite también al recuerdo melancólico de los amores de verano, que duran tan poco pero son tan intensos. Por supuesto me privé de decirle eso a Garzón, nadie sabe a qué tipo de bromas hubiera dado lugar.

Vinaròs, agosto de 2017

Una jornada inusual

La vida de un policía en el servicio de Homicidios no es igual que la de un panadero en su horno o la de un vendedor en su bazar. Por muchos que estos dos oficios que utilizo en la comparación, panadero y vendedor, se encuentren con cambios en su trabajo diario, resulta evidente que ambos se mueven en el terreno de la repetición: un pan es un pan aquí y en Constantinopla, hoy y mañana, mientras que un comprador es un comprador, por mucho que varíe su fisonomía o su modo de hablar. Alguien podrá rebatirme que un muerto es un muerto y que todos los asesinatos tienen puntos en común. Cierto, no lo negaré. Sin embargo, cada delito se resuelve de modo muy diferente y presenta dificultades con las que quizá no te habías enfrentado jamás. En definitiva, los días de un panadero o un comerciante acaban pareciéndose mucho entre sí, mientras que los de un policía son distintos en su cotidianeidad. Por lo tanto, si le preguntaran a alguno de mis colegas cuál ha sido el día de su vida laboral más destacado o más singular, no le sería nada fácil escoger. Eso no sucedería de ninguna manera si me lo preguntaran a mí. Yo sí lo sé. De hecho, nunca podré olvidar aquella jornada tan inusual.

Me había quedado hasta muy tarde en comisaría, intentando clasificar los papeles que hubiera debido ordenar días atrás. La burocracia no es una de mis asignaturas preferidas, y por si fuera poco la cantidad de documentos que se amontonaban sobre mi mesa era más amplia de lo habitual, quizá debido a nuestro último caso resuelto, que comportó muchos trámites. No se había tratado de un asunto complicado, al contrario, el culpable ya estaba entre rejas pendiente de juicio dos días después de haber cometido su fechoría. Se trataba de un joven de veintitantos, un marginal con antecedentes por robo, que había asaltado en plena calle a una señora para robarle el bolso y le había clavado una navaja en el estómago cuando esta se resistió a entregárselo. Atraparlo fue coser y cantar: un simple seguimiento de móvil, de la tarjeta de crédito sustraída a la señora, que el muy burro utilizó, cuatro preguntas en el ambiente adecuado y ya está: el pájaro metido en la jaula. Lo malo es que la víctima contaba bastantes años y la energía de su cuerpo era mínima. La pobre mujer se debatía entre la vida y la muerte, ingresada en el hospital. Eso hizo que el procedimiento judicial se presentara complicado y que tanto el subinspector Garzón como yo tuviéramos que ir muchas veces a hablar con el juez para darle detalles. Trámites, informes..., absurdas tareas de despacho que aquella noche pretendía acabar.

Como digo, salía yo del trabajo bastante cansada y con verdaderos deseos de desconexión. Nada que no pudiera remediarse con una buena cerveza helada al llegar a mi casa, una ducha reparadora y un poco de charla con Marcos justo antes de cenar. Saludé a los policías de recepción, que, vaya usted a saber los motivos, estaban muertos de risa, y me despedí del guardia de la puerta, que disfrutaba de la tranquilidad de la calle, desierta a aquellas horas.

Había aparcado mi coche un poco lejos aquel día. El único motivo por el que deseaba mi ascenso al puesto de comisaria era para tener derecho a una plaza de parking y no verme obligada hacer una pequeña excursión diaria en busca de un hueco libre por las inmediaciones. Vi por fin mi Alfetta en el callejón solitario donde lo había dejado y, de modo mecánico, busqué las llaves en el bolso y me dispuse a accionar el control remoto para abrir. En ese momento noté una helada presión en la nuca y, antes de que pudiera volverme, una voz susurrante me ordenó:

—Dame tu pistola y sube al coche. —Intenté girar la cara para ver de quién se trataba, pero la voz repitió—: Dame tu pistola y sube al coche —y añadió—: o te pego un tiro aquí mismo.

La presión en mi nuca se incrementó y tenía toda la pinta de estar siendo ejercida con un objeto metálico que muy probablemente sí era una pistola. Saqué la mía del bolso y la dejé en el suelo. Vi de reojo cómo un pie pequeño calzado con zapatilla deportiva le daba una patada para alejarla.

—Ahora tira el móvil y sube al asiento del conductor —susurró la voz.

Obedecí, y al instante se sentó a mi lado una pequeña figura que al fin pude distinguir. Era una mujer, mejor sería decir una joven, a la que no conocía en absoluto. Menuda, fibrosa, de pelo muy oscuro, me apuntaba a la cara con absoluta determinación.

—Pon el coche en marcha y sigue recto por esa calle.

—¿No vas a recoger mi arma? —le pregunté.

—¡Haz lo que te digo! —me gritó—. Y a la primera gilipollez, te suelto un tiro, que a mí me da igual que nos estampemos o no en este puto coche.

Arranqué, seguí las indicaciones que me dio. Aunque casi no había tráfico, tuvo la precaución de bajar la pistola hasta su regazo de modo que no pudiera ser vista desde el exterior. Iba señalándome el camino con seguridad. Yo no abrí la boca ni una sola vez. Nos alejábamos de Barcelona. Tomamos la carretera del aeropuerto. Me hizo salir en Castelldefels. Atravesamos varias urbanizaciones encaramándonos por la montaña. Finalmente, nos internamos en un bosquecillo de pinos y me mandó parar frente a una casa de campo que parecía abandonada. Estaba oscuro, no podía distinguir los rasgos de su cara. Bajamos. Yo delante, ella detrás, entramos en la casa. El interior consistía en una sala amplia, desprovista de muebles a excepción de una mesa, dos sillas, una cocina de gas tipo camping, una neverita y varios cojines de gran tamaño apilados en un rincón. Encendió la luz. Pude verla al fin. No tendría más de veinticinco años, pelo largo y liso, morena, vestida con tejanos, camiseta y una chupa gris. Podrían encontrarse mil chicas idénticas a ella en cualquier calle de la ciudad.

—Vamos a ponernos cómodas —dijo.

—¿Piensas seguir apuntándome todo el tiempo? —pregunté.

—Voy a atarte. A la mínima que intentes una bobada, te pego un tiro. Me da lo mismo matarte o no.

Se metió la pistola en la cintura de los pantalones. Se acercó a mí. Olí su perfume barato. Me obligó a dirigirme hacia los cojines. Allí tenía preparada cinta aislante y cuerdas. Me ató con bastante buen estilo. Lo había preparado todo concienzudamente para la ocasión. Sonrió.

—Vale, ahora ya podemos relajarnos. Siéntate ahí.

Me acomodé como pude sobre los cojines.

—¿Cómo te llamas?

Se echó a reír. Parecía tranquila. Yo lo estaba también.

—¿Qué te importa cómo me llame?

—¿Es tuya esta casa?

—La ocupamos hace bastante tiempo y nadie se ha enterado aún. Nos enganchamos a la luz sin pagar. ¿A que somos listos?

La observé con curiosidad. A pesar de ser tan menuda, tan vulgar, tenía los ojos fieros y trasmitía seguridad en sí misma, cinismo, suficiencia, odio también. Intenté preguntar algo más y, anticipándose a mis intenciones, me hizo callar.

—¿Tú qué te crees, que estás todavía en tu despacho de la poli? Aquí no hay preguntas que valgan. Yo hablo y tú me escuchas, ¿de acuerdo, encanto?

No pensé ni un momento en los motivos de todo aquello. Era cuestión de esperar y enseguida saldrían a relucir. Se levantó y llegó hasta el hornillo. Calentó agua. Sacó un bote de café instantáneo y preparó dos vasitos de cartón.

—¿Lo toma su excelencia con azúcar? Tengo sacarina también. A mí no me falta de nada.

—Con azúcar está bien.

Me pasó el café, lo sujeté con ambas manos, unidas por los nudos en las muñecas. Bebí. Ella no aparentaba el menor temor de que yo me revolviera y pudiera golpearla.

—¿Ves como ya no te apunto con la pistola? ¡Y encima, te doy café! No te quejarás.

—Veo que andas muy segura por la vida.

—Oye, inspectora, sé karate, defensa personal..., todo lo que en el mundo se ha inventado para dar hostias, ¿comprendes? No sé qué es más mortal, si esta pistola o mis manos y mis piernas.

—¡Ah, eso es muy práctico para la vida moderna!

En ese mismo instante se levantó con la rapidez y agilidad de un gran felino y, con la punta del pie, le propinó una patada fuerte y certera a mi vasito de café, que fue a estamparse contra una ventana. Se puso a gritar:

—¡A mí no me vaciles!, ¿oyes, tía? ¡Nada de gracias ni de retranca conmigo!

Asentí. Era evidente que sí estaba familiarizada con las artes marciales.

—Ahora me has dejado sin café.

—Pues te jodes. Además, vamos a empezar a tomarnos en serio el asunto. Pongamos que me llamo

Olga. Pero eso es lo de menos, lo de más es que soy la novia de Sergio.

La miré sin comprender ni una sola palabra. Ella notó inmediatamente mi estupefacción.

—Desde luego los de la bofia sois basura. Lo metéis en la cárcel sin acusaciones y ni siquiera te acuerdas de su nombre.

Enseguida comprendí: Sergio... ¿Hernández?, el joven que acuchilló a la anciana en plena calle. Dije el que creí recordar que era su nombre en voz alta y añadí:

—Estamos a la espera de lo que diga el juez. La mujer a la que atacó puede morir en cualquier momento.

—Él no quiso matarla. La vieja hizo movimientos extraños, él se puso nervioso y le clavó la navaja. Fue accidental.

—No digas tonterías, era una anciana indefensa y tu Sergio le asestó no una sino varias puñaladas.

—Eso es lo que dices tú.

—Eso es la verdad.

—Vale. No tengo ganas de discutir. Tú tienes tu verdad y yo la mía. Ahora ya sabes por qué estamos aquí. Porque lo sabes, ¿no?

—No.

—Quiero que llames a tu colega Garzón y le propongas un intercambio. Ellos sueltan a Sergio como y donde yo les diga y yo te dejo marchar a ti. Es un plan sencillo.

Agité la cabeza en señal de negación, chisté varias veces antes de responder.

—Oye, chica, Olga o como sea tu nombre. No

tienes la más mínima posibilidad de que ese plan salga bien. ¿No te das cuenta? Localizarán tu teléfono móvil en cinco minutos y se presentarán aquí con doscientos geos perfectamente entrenados. ¿Qué crees que va a pasar entonces?

—Que te mataré. En cuanto haya alguien ahí fuera, no digo doscientos geos sino un solo puto poli municipal, yo te meto dos tiros, o tres, los que hagan falta. Luego pensaré qué coño hago.

—Vale, muy bien. Pongamos que te traen al noviete y huis los dos en coche. ¿Hasta dónde vais a llegar?

—Eso ya se verá. También parece difícil secuestrar a una inspectora de policía, pero aquí estás, con las manos bien juntitas. Y lo de *noviete* sobra. Es mi novio. Punto final. A ver si te enteras, Petra, de que estás en mis manos y que para salir de ellas tiene que ser como yo quiera, o eso o muerta.

—¿Cómo sabes mi nombre, cómo sabes el nombre de Garzón?

—¡Qué tontería! Salió en la tele y además os seguí por la calle.

No era posible. Nuestras acciones de calle en el caso habían sido mínimas. Lo habíamos llevado casi todo desde comisaría. Además, no se informó de nuestros nombres a los medios de comunicación. Ni siquiera el propio delincuente sabía quiénes éramos. Había alguna otra manera por la que aquella chica nos había localizado. La miré, aparentando consternación. Mientras tanto, mi mente había empezado a hervir a borbotones.

Se bebió el café despacio, a conciencia, paladeándolo delante de mí. Me miraba de vez en cuando, con media sonrisa. Parecía que todo aquello había empezado a divertirla, o al menos se había relajado tras los momentos de tensión. Me pregunté si era peligrosa y no fue necesario que pensara demasiado para responder. Sí, lo era. Cualquiera que lleve una pistola en la mano lo es, pero si por añadidura había intentado un plan tan suicida como el de aquella chica, entonces la peligrosidad se multiplicaba. Para completar el riesgo, Olga o como quiera que se llamara obraba impulsada por el amor, y eso sí era un síntoma preocupante. Esperé sin decir palabra. Acabó su refrigerio. Miró el reloj.

—Bueno, y ahora vamos a darle las buenas noticias al subinspector Garzón.

No sólo conocía el nombre sino también la graduación. Manipuló su teléfono móvil, puso el altavoz, me lo pasó, hizo un gesto indicándome que marcara. Eran las dos de la madrugada, pero Garzón contestó al segundo timbrazo. Sin duda ya sabía de mi desaparición.

—Inspectora, ¿está bien?

—Estoy retenida. Me encuentro bien.

—Llamó su marido diciendo que no había vuelto a casa. Una persona encontró su teléfono móvil, como estaba cerca de comisaría lo trajo aquí.

—Explíquele la situación —dijo Olga gritando para que Garzón pudiera oírla.

Se la expliqué. Garzón asentía de vez en cuando con breves gruñidos. Al final dijo:

—Quizá sería bueno que esta chica hablara con el comisario.

Olga dio un salto hacia mí y me arrebató el teléfono:

—Oye, tío. De eso nada. Vamos a hablar entre nosotros. No hace falta tanta conversación. Tú traes a mi novio. Tú solito. Yo estaré aquí con tu jefa. Sueltas a Sergio a una distancia, él viene, se sube al coche con nosotras y a la jefa ya la devolveremos.

—¿Qué garantías tengo de eso?

—Mi palabra, y te juro que yo hago lo que digo porque soy una tía legal. La soltamos en un sitio y ella ya se apaña para volver. Lo de tía legal sirve también para que estés seguro de que si no lo hacemos como te digo, le pego un tiro a la jefa, no voy de farol.

—¿Puedo llamar a este móvil?

—Todo lo que quieras. Y si se os antoja localizar la llamada y venir a tocar los cojones, da igual. A la mínima le pego un tiro y en paz. Que tengas claro que lo del tiro va en serio.

—Oye, lo que pides puede ser complicado, ¿sabes? Hay que localizar al juez, convencerlo, que dé su autorización. Hablar con los de prisiones...

—No te enrolles, Garzón. Tenemos toda la noche, así que haz lo que tengas que hacer y no agobies.

—De acuerdo, está bien. Sabes a lo que estás arriesgándote, ¿verdad?

—Tranquilo. No sufras por mí.

Le pedí que me pasara el aparato.

—¿Qué quieres decirle?

—Es algo personal. Un recado para mi marido.

—Díselo desde ahí.

Alargué el cuello, levanté la voz:

—¡Fermín, dígale a Marcos que no les cuente nada a los niños, por favor!

—Descuide, inspectora.

—Puede llamarme por mi nombre, Fermín, no pasa nada —acerté a decir.

Olga cortó la comunicación. Me miró divertida:

—¡Anda, tú, qué cachondos! ¿Trabajáis juntos y os habláis de usted?

—Empezamos en plan reglamentario y luego se ha convertido en una vieja tradición.

Remoloneó a mi alrededor. Se sentó y encendió un cigarrillo. Me miraba con una media sonrisa irónica.

—Así que estás casada —me dijo clavándome los ojos con curiosidad.

—Me he casado tres veces. Marcos es mi tercer marido.

Soltó un silbido de apreciación; luego una risotada vulgar.

—¡Joder con la agente de la ley! Ya me había parecido que no eras una mosquita muerta, pero casarse tres veces..., como las famosas, tía. No te privas de nada.

—Bueno, es de humanos equivocarse y yo me equivoqué. Las mujeres nos equivocamos mucho en los temas de amor.

—Si va con segundas ya te la puedes envainar. Yo sé perfectamente lo que me hago.

—Me alegro, mejor para ti.

Le refulgían los ojos de malicia, de odio quizá. Dio un bostezo exagerado.

—Tengo sueño. Voy a dormir un rato. Levántate.

Me llevó a un cuarto de baño pequeño y destartalado. Echó una colcha vieja en el interior de la bañera. Me indicó con un gesto de la cabeza que me tumbara allí. Seguí sus indicaciones sin el menor comentario. Salió y cerró la puerta con llave. Estaba incómoda, pero logré encontrar una postura que me permitiera descansar. Obviamente, el plan de aquella chica me parecía descabellado. Nunca conseguiría sacar a su novio de la cárcel ni huir con él. Sin embargo, era innegable que llevaba en la mano una pistola y que yo estaba a su merced. Todo consistía en saber hasta qué punto la tal Olga estaba loca, hasta qué punto se encontraba realmente dispuesta a disparar. Todavía no había sido capaz de hacerme una idea clara sobre su personalidad. Se trataba de una pandillera, por supuesto, pero ¿dónde estaba la pandilla? Era insólito que ella sola hubiera preparado aquel montaje. Pensé que probablemente los demás tipos del grupo la habían ayudado hasta el final, hasta justo antes del momento en que era necesario correr un riesgo mayor, dar la cara, empuñar la pistola. Entonces la habían dejado sola.

Intenté dormir, pero me resultaba imposible. Cerré los ojos, pasó un tiempo indefinido. Cuando empezaba a adormilarme se abrió la puerta, con su infernal ruido de cerrojos. Apareció la cara sonriente de Olga, a quien en aquel instante empecé a detestar. Estiró los brazos, bostezó:

—He dormido como un tronco, ¡no sabes lo bien que me ha venido descansar! ¿Tienes hambre?

—Quiero ir al baño.

—¡En el baño estás!

—No puedo utilizarlo si no me sueltas las manos.

Se echó a reír.

—De soltarte, nada de nada, corazón. Yo te bajo los pantalones, luego te los subo y en paz. Sin tocarte ni un pelo, ¿eh?, ya sabes que a mí las tías no me van.

Esperó fuera. Hizo lo prometido. Volví a sentarme en el salón.

—¿Tienes hambre? —preguntó de nuevo.

—Me duele todo el cuerpo. ¿Por qué no me dejas dar una vuelta?

—Levántate y haz flexiones o sentadillas. Lo de dar vueltecitas lo dejamos para otra vez.

Realicé estiramientos, moví los músculos como pude. Las muñecas empezaban a dolerme. Le pedí que me las atara más flojo, pero no consintió.

—Ya te he atado todo lo flojo que he podido. Si te molesta, te jodes un poco. Te voy a dar un bocadillo y una cerveza, no me pidas nada más. Y lo hago porque no quiero que luego les cuentes a los periodistas que te he tratado fatal.

—¿De verdad serías capaz de dispararme? —le pregunté a bote pronto.

Me miró con absoluta seriedad.

—Te aseguro que sí. A mí todo el mundo me ha jodido en esta vida. Ya es hora de que yo pueda joder a los demás. Pero si todo sale bien, sales viva de esta, no te preocupes.

—¿Sabes cuánto tiempo de cárcel puede caerte si matas a una persona a sangre fría?

—No te preocupes por mí, yo controlo. ¿De qué quieres el bocadillo, de jamón serrano o de atún?

—De jamón está bien.

—¿Y cerveza, bebes alcohol o prefieres Coca-Cola?

—Bebo alcohol.

—¡Ah, sí, se me había olvidado que eras una tía con cojones! Como te veo ahí, hecha una mierdecilla... Yo también me apunto a la cerveza. Tengo un montón en la nevera, pero no te hagas ilusiones que no me voy a emborrachar. Aguanto como una bestia. Puedo beberme hasta veinte. He hecho la prueba.

Se levantó y trajo una bolsa llena de comida. Sacó dos latas de cerveza del viejo refrigerador. Se distanció de mí y depositó la pistola junto a sus piernas. Empezó a comer. Yo también. Pensé que no tenía apetito, pero los primeros bocados lograron que reaccionara, estaba hambrienta. Devoré el bocadillo, apuré la cerveza hasta el último trago. Ella hizo otro tanto sin dejar de mirarme, sonriente.

—¡Te has portado muy bien! ¿Quieres otra birraca?

Asentí, fue hasta la nevera y regresó con dos latas más. Me la lanzó por el aire desde donde estaba. La atrapé de milagro con las dos manos juntas. Ella rio encantada.

—¡Perrito listo, muy bien!

En ningún caso debía perder la calma. La miré con desprecio, bebí.

—De postre tengo dónuts y café.

—Con el café me basta. Pero no me lo tires por los aires, el perrito se puede quemar.

—¡Vaya, si hasta eres graciosa!

—Nunca pierdo el sentido del humor.

—Pues nadie lo diría. Tienes cara de ser estirada. ¿Tu marido también es policía?

—Es arquitecto.

—Esos ganan mucha pasta, ¿no?

—Vivimos bien.

—¿Y por qué estás en la bofia? Podrías hacer como las señoronas: irte de compras, al gimnasio, a fiestas y de vacaciones.

—Creo que las mujeres deben trabajar y mantenerse por sí mismas. Además, me gusta ser policía.

—¡Vaya, pues suerte tú que puedes elegir!

—¿Tú no has trabajado nunca?

—Oye, tía, pero ¿tú qué te crees? He currado toda la vida como una bestia. Mi madre me puso a fregar escaleras cuando tenía nueve años. La ayudaba a ella, y luego ya lo hacía yo solita.

—¿Y la escuela?

—En cuanto pude lo dejé. No soy de libros.

—¿A qué se dedica tu padre?

—¡Y yo qué sé! ¿Qué es esto, un puto interrogatorio?

Sirvió el café, rezongando de mal humor. Me arriesgué a ir un poco más allá:

—¿Y es tu chico quien te mantiene ahora?

—¿De verdad te interesa mi vida?

—Quisiera saber algo de quien a lo peor puede matarme.

Me miró con atención, intentando comprender el alcance de mis palabras. Finalmente se encogió de hombros.

—Si todo va bien, no soy yo quien te matará. Morirás de vieja, con tu arquitecto y tus niñitos encantadores.

—Yo no tengo hijos. Los niños que me oíste nombrar son de mi marido. Los tuvo en matrimonios anteriores.

—¿Matrimonios, él también es como los famosos?

—¿Qué es esto, un puto interrogatorio?

—Oye, inspectora. No te hagas la graciosa conmigo.

—Sólo quería charlar un rato para matar el aburrimiento, pero como te lo tomas a mal...

—Es que no tengo ganas de que me largues rollos de buenas costumbres: «Tu vida ha sido dura, pero si te entregas, yo te llevaré a un buen centro de protección social y... bla, bla, bla». Ya me conozco la historia y no va conmigo.

—Conoces los rollos, pero no me conoces a mí. Yo no voy de ese palo, creí que ya te habías dado cuenta. Yo paso de Dios y la Virgen. Te pregunto por pura curiosidad y porque aquí solas sin televisión ni nada a mano parecemos un par de momias. Si hablamos, por lo menos pasa el rato más deprisa.

Se subió la pernera del pantalón para rascarse furiosamente la pantorrilla. Iba a contestarme cuando sonó el teléfono. Lo cogió precipitadamente. Por sus palabras deduje que hablaba con alguien de la policía. Al final dijo: «No te preocupes, ella está bien. De acuerdo, de acuerdo, si no te fías te la paso».

—¿Inspectora, se encuentra bien? —Era Garzón.

—Hola, Fermín, llámeme Petra Delicado, así me sentiré como en casa.

Guardó silencio un instante; luego dijo:

—Todo está en marcha, Petra, no tiene que preocuparse. Sólo quería saber si está bien.

—Estoy bien, la chica me trata correctamente. Creo que actúa sólo por amor a ese hombre.

Me arrebató el teléfono, se lo llevó a la oreja con un gesto brusco.

—Oye, tío. De momento me creo lo que me dices, pero no voy a pasarme la vida aquí, esperando a que el puto juez se aclare. Cuéntale este dato: si en tres horas no tengo delante a mi novio, me cargo a la inspectora. Y tened claro que me la cargo, ¿eh?, que ya me da igual ocho que ochenta.

Interrumpió la comunicación, le dio un puntapié malhumorado al vaso de papel en el que había bebido.

—¡Joder, como empecemos así, vamos mal! No voy a aguantar ni un retraso más. ¿Qué pasa con el juez, le importa una mierda que estés viva o muerta?

—Los jueces son un poco especiales. Todo lo hacen lentamente.

—Pues yo tengo prisa.

—Si decidieran no entregar a tu novio, ¿de verdad me matarías?

—No te lo crees, ¿verdad? Pues sí, te mataría y me quedaría tan fresca.

—¿Tanto quieres a ese hombre?

Se quedó callada, pensando, intensamente concentrada.

—Ese hombre es la única persona que me ha tratado bien en toda mi puta vida. No tienes ni zorra idea de lo que te cuento. Tú has tenido un montón de cosas desde que naciste. Has vivido entre algodones y te has casado y descasado cuando te ha dado la gana. Lo que te preocupa son chorradas como eso de que una mujer debe mantenerse a sí misma. Yo no he tenido una vida así. Mi abuela era puta y mi madre lo pasó tan mal de pequeña que decidió que siempre trabajaría y se portaría bien. Se quedó preñada de joven y nací yo. Que mi madre no fuera puta no quiere decir que no tuviera mala hostia, a lo mejor tenía más porque le tocaba estar fregando escaleras todo el día y aguantándome a mí. Eso es lo que he vivido: la mala hostia de mi madre, la mala hostia de todo el mundo.

—Hasta que conociste a tu novio.

—Por ahí vas bien. Me sacó de la mierda de mi casa y, desde que vivo con él, nadie me ha vuelto a chillar ni a pegar hostias. Eso es lo que hay.

—Te entiendo muy bien. Le estás agradecida, pero me pregunto si eso es amor.

—¡No entiendes una puta mierda! ¡Y no estás en esta casa para soltarme rollos de amor verdadero!

Se había alterado de tal manera y blandió la pistola con tal convicción que me aterroricé por un instante. Quizá yo me estaba tomando aquello con demasiada tranquilidad, quizá era más fácil de lo que pensaba que no saliera viva de allí. Sólo esperaba que Garzón me hubiera entendido, que hubiera interpretado correctamente las señales que le había hecho llegar. Enmudecí. Cerré los ojos. Olga se había puesto en pie y daba vueltas por la habitación. Se acercó a las ventanas, miró hacia el exterior. De pronto, su teléfono empezó a sonar de nuevo.

—Mira, aquí tenemos otra vez a Garzón. Voy a ponerlo en voz alta para que tú te enteres también.

Oí la voz del subinspector resonando con fuerza en aquella sala casi vacía.

—Oye, chica. Tengo muy buenas noticias para ti. Han llamado del hospital. La mujer a la que tu novio agredió ha salido del peligro de muerte. Se recuperará.

—¡Qué bien, pues me alegro por ella! Igual le mando un ramo de flores.

—Más que mandarle flores deberías pensar que tu novio no será acusado de homicidio. Y por una agresión o un robo no lo van a empapelar demasiado. Con un poco de suerte sale de la cárcel más pronto de lo que crees. ¿De verdad vale la pena que sigas con esta historia?

—No sé, pregúntaselo a Petra, te está escuchando. Me está dando la tabarra con el amor. A ver si la convences de que no se ponga tan pesada.

Tras un titubeo oí la risa forzada de Garzón.

—Hola, Petra Delicado. Ya ha oído que hay buenas noticias. Probablemente sea el propio chico quien no quiera salir de la cárcel en estas condiciones, se le complicaría la acusación y no creo que sea tan tonto.

Antes de que pudiera contestar nada, Olga replicó:

—Tonto o listo, él me ha dado su palabra, y sería la primera vez que no la cumpliera, así que todos tranquilos. Dile al puto juez que el tiempo se le acaba, que puestos a joder el plan, yo me cargo a esta tía. ¿De acuerdo?

—Oye, chica, piénsalo bien, me parece que...

Olga cortó la comunicación. Me miró con cara de odio:

—Como esto se ponga chungo, la vas a cagar, tía, no te va a dar tiempo a casarte otra vez. Parece mentira que no se den cuenta de que voy a por todas. O yo salgo con mi novio de aquí o te frío, ¿comprendes?, te frío. ¡Ya está bien de mariconadas!

Tragué saliva varias veces antes de decir:

—¿Cuándo ha podido darte su palabra? Es un preso incomunicado. ¿Él sabe algo de tu plan, lo habéis ideado entre los dos, con ayuda de alguien?

—¡Eres acojonante, tía, de verdad! Estás con un pie en la tumba y sigues haciendo de poli.

—Justamente si voy a morir, puedes contármelo todo.

—No vas a morir. Nos vamos a largar. Deja de darme la paliza.

—Vale, imaginemos que conseguís salir de aquí. ¿Qué vais a hacer después, huir en un coche perfectamente identificado? ¿Cuánto tiempo tardarán en cazaros?

—Ya lo verás. Tú te vendrás con nosotros un buen trecho, ¿o te crees que somos tan imbéciles como para dejarte marchar en la puerta? Todo está bien estudiado, nena, date por vencida.

—Quiero volver al baño.

Tomó las mismas precauciones de la otra vez. En la maniobra rápida de bajar y subir mis pantalones me fijé en sus brazos menudos pero musculados, en el pequeño tatuaje de un corazón. El pelo le brillaba, su perfume barato, desvanecido, había dejado espacio a su propio olor esencial, hecho de sudor suave, de piel tersa, de juventud. ¿Cuántos años tendría, veinte, veinticinco? No más. ¿De qué manera se llega a estar al borde de todo habiendo vivido tan poco? ¿Tanto había sido el horror de su existencia como para tener de príncipe azul a un asaltador de viejas, pura carne de cañón? Supuse que así era. Ella llevaba razón, mi vida había sido un mar de felicidad comparada con la suya. Y ¿quién era ella, el brazo justiciero que me haría pagar la desigualdad? ¿Qué haría Marcos si yo moría, volvería a casarse? ¿Y los niños, los traumatizaría la situación, me considerarían una heroína que moría cumpliendo con su deber o una imbécil que se había dejado atrapar por una delincuente de tres al cuarto? ¿Daría el comisario Coronas la orden de entrar a saco en la casa o desde las alturas políticas le obligarían a dejarlos marchar? Intenté no pensar en nada, dejar la mente en reposo era mi única opción. Sonó el teléfono. La voz de Garzón inundó de nuevo la estancia.

—Oye, chica, otra vez buenas noticias. El juez autoriza la excarcelación. Al final os vais a salir con la vuestra. Lo que pasa es que necesitamos un poco más de tiempo para llegar con la orden a la cárcel, sacar a tu novio y llevarlo para allá. ¿Me oyes?

—Sólo una hora más. Llama por teléfono cuando estéis a un kilómetro de la casa. En ese punto quiero hablar con él. Después lo traéis y no os acercáis a más de cien metros de la puerta. Entonces quiero verlo y hablar otra vez con él. ¿Entendido? A partir de ahí, todos quietos hasta que haga el intercambio. ¿Entendido? Ya habrá mucha gente a esta hora por la carretera. No nos sigáis. No creo que estéis dispuestos a un baño de sangre.

—Pásame a la inspectora.

—Te está escuchando.

—¿Todo va bien, Petra?

Di un grito desde la distancia:

—¡Todo va bien!

—Ya verá la cenorra que nos vamos a pegar en cuanto esté en casa. No nos privaremos de nada: *foie*, cordero al horno... y para beber, champán del mejor; ¡se acabó la miseria!

—¿Ha hablado con Marcos? —grité de nuevo.

—Todo en orden, Petra, no se preocupe.

Olga colgó. Me miró con preocupación. Se sentó. Cavilaba, con el ceño fruncido. Sin duda no se le escapaba que entrábamos en la fase crucial de la operación. Ataqué sin pensarlo dos veces.

—¿Y si el tipo no te quiere, Olga?

Me miró con estupefacción. Continué:

—Los tíos son como son. A lo mejor sólo te está utilizando para huir de la cárcel. Los hombres son prácticos, mucho más que nosotras. ¿Por qué te crees que me he divorciado dos veces, porque todo iba bien? No, los hombres traicionan, hacen putadas, intentan salvarse siempre, no tienen compasión.

Se puso en pie y, sin decir ni una palabra, vino hacia mí, alzó la pistola y me dio un golpe con la culata en plena nariz. Fue un dolor violento, terrible. Empecé a sangrar, pero no emití una queja, ni un lamento. Entonces dijo:

—A mí me jodió la vida mi madre, que era una

mujer, así que no me vengas con gilipolleces de que todas somos hermanitas de la caridad y los tíos unos cabrones. No trago.

Notaba la sangre caliente bajándome por encima de la boca, empezó a teñirme la pechera de la blusa.

—Oye, ¿por qué no me dejas limpiarme un poco?

—¡Entra en el lavabo, y de paso te quedas un rato en la bañera! Si la fiesta no va a tardar en empezar, quiero descansar un rato.

Me lavé como pude. Contemplé mi cara tumefacta en el precario espejo. No contaba con que la tal Olga fuera violenta durante la espera. Cualquier estrategia con ella parecía condenada al fracaso. Había intentado un acercamiento psicológico, sin ningún resultado. La solidaridad femenina tampoco había funcionado. Las tentativas de desmoralizarla en sus sentimientos amorosos la habían puesto furiosa. Pero, de cualquier modo, ¿qué era lo que yo pretendía, que se volviera atrás? Había llegado demasiado lejos como para frenar semejante pesadilla. Por primera vez en aquella noche aciaga fui presa de la desesperación. Allí estaba, indefensa como una res en el matadero, sin ideas ni planes para lograr alguna solución. Me había dejado capturar como una pardilla, y encima permitía que me masacrara una maldita cría que no merecía vivir. Me indigné conmigo misma, pero ese estado de ánimo sólo consiguió que la nariz me doliera todavía más. Entré en la bañera y me desplomé de mala manera sobre la colcha. Ya que no podía controlar la situación, debía controlar lo único a mi alcance: mi mente. Nunca he sido una mujer nerviosa, puedo entrar momentáneamente en ebullición, pero enseguida recupero la calma, y eso era justamente lo que me disponía a hacer: calmarme. Todo acabaría bien. Me sorprendió pensar que quizá no deseaba que mis compañeros me liberaran. ¿Qué quería, ser considerada una mártir de la profesión? En el fondo, que aquel capullo saliera de la cárcel y huyera me daba igual; lo que no soportaba era el tremendo golpe a mi autoestima. Pura vanidad. Pensé en Olga y el amor. Un hombre te salva de tu entorno infernal. Es la eterna historia: el caballo blanco, el príncipe libertador... A mí ningún hombre me había salvado de nada. La deuda amorosa no existía para mí. Mis relaciones sentimentales habían tenido siempre tendencia a complicarme la vida. A aquellas alturas de mi existencia y hallándome en el riesgo cierto de morir, seguía sin tener maldita idea de en qué consistía verdaderamente el amor. Para celebrar tanta ignorancia, cerré los ojos y me dormí. Ni el dolor de la cara ni la incomodidad de la postura fueron suficientes para vencer el profundo cansancio que había empezado a sentir.

Me despertó de sopetón una fuerte sacudida en el brazo. Lo primero que vi fue a Olga apuntándome con la pistola.

—¡Levántate, tronca! ¡Me he dormido! Ha pasado un montón de tiempo, todos los plazos agotados. ¡Llevamos una noche y un día aquí! ¿Te das cuenta? Ya basta. Menos mal que se han puesto las pilas por fin. No queda más comida.

—¿Qué ha pasado?

—El gilipollas de tu colega dice que están a un kilómetro de aquí.

Me incorporé. Salí con dificultad de la bañera. Me dolía todo el cuerpo. Al pasar frente al espejo me miré de soslayo y vi que una fantástica moradura me cubría parte de la cara, principalmente la parte inferior de los párpados. Cuando entré en la sala me sorprendió la oscuridad reinante. La chica había apagado la luz del techo y sólo nos alumbraba una vela parpadeante, colocada en un rincón.

—¿Qué ha pasado con la luz?

—La he apagado yo. Eso de que están a un kilómetro puede ser verdad o no. Parecería imbécil si me arriesgara a que uno de vuestros tiradores de élite me pegara un buen tiro desde fuera.

—Bueno, parece que vas a ganar la partida.

—Todavía no. Ese hijo de puta de Garzón dice que mi novio no está con ellos. Me jura que llegará dentro de un rato: dificultades en la cárcel, preparar el traslado...; pura mierda, no me creo nada. Están ganando tiempo y quiero saber por qué.

La miré sin comprender. Luego añadió con fiereza:

—Quiero que me lo digas tú.

—¿Estás loca? Yo no me he movido de aquí, ¿cómo quieres que sepa...?

—Tú eres policía, y puedes saber qué están tramando, imaginártelo por lo menos.

—Mira, chica, cada caso policial es distinto, ¿cómo demonio voy a...?

Se levantó y colocó amenazadoramente la culata

del arma frente a mi cara. Me tensé. Escupí las palabras:

—Olga o como te llames, si vuelves a darme un golpe, tendrás que matarme. Saltaré sobre ti aun con las manos atadas, me da igual. Estoy hasta los cojones de esta mierda y no voy a aguantar más. Si me matas, me matas. A ver para qué voy a servirte una vez muerta. A ver si te cambian mi cadáver por tu principito.

Se quedó perpleja, pero dio un paso atrás.

—Dime por lo menos qué piensas que están haciendo esa panda de cabronazos.

—No pueden hacer gran cosa. Por si te interesa, te diré que la vida de un agente es prioritaria para nosotros. No intentarán nada. Si te dicen que lo están gestionando, es porque es exactamente así. Pero todos los trámites de justicia y prisión son lentos.

—Tanto tiempo para cuatro trámites, ¡vaya país! —dijo la chica, haciéndome sonreír sin quererlo.

Naturalmente yo también estaba segura a aquellas alturas de que había algún plan en curso. De lo contrario, el intercambio estaría ya listo para producirse. Volvió a interrogarme, cada vez más nerviosa:

—¿Y si te traicionan los tuyos?

—Ya te he dicho que las únicas traiciones comunes son las del amor.

—¡Vete al carajo!

Se acercó a la ventana y empezó a escrutar el exterior, que estaba completamente oscuro. Comprendí que si veía algo sospechoso, volvería el arma contra mí. Eso haría si perdía la esperanza de tener de nuevo junto a ella a su preciado rufián. Pero a mí, incapaz de cualquier transcendencia, ya me daba igual. Dejó de interrogar a la noche. Con aire exasperado, tomó el teléfono.

—Oye, Garzón de los cojones, esto se acabó. Os quiero aquí delante ya... ¡y con él!

No pude oír las explicaciones que el subinspector pudiera darle porque no estaba conectado el altavoz. En cualquier caso, no debieron de ser muy extensas porque Olga enseguida colgó. Me miró, visiblemente alterada:

—¡Sois una mierda! Sólo sabéis hacer daño. La vida de mi novio y la mía han sido muy duras, pero al menor fallo vosotros atacáis sin perdón: jueces, policía, cárcel..., y si nos morimos, tanto mejor, ¿qué os va a importar a vosotros?

Me puse a gritar:

—Pero ¿quién te ha engañado, niña? ¿Qué te crees, que los demás hemos nacido entre plumas y nos han alimentado con miel? ¿Sois tú y tu maromo los únicos en el mundo que lo habéis pasado mal? ¿Eso os permite saltaros los derechos de las demás personas? ¿Qué sabes tú de la vida que habrá tenido la mujer que tu tronco ha apuñalado? ¿Qué necesidad tenía de estar a las puertas de la muerte en un hospital a su edad? Sois la mano de Dios, ¿verdad? Jodéis porque estáis jodidos, impartís la justicia universal. ¡Valiente desfachatez!

—¡¡Cállate!!

—¡No me da la gana de callarme! El mundo es como es, y no vais a cambiarlo vosotros, ni tampoco yo, aunque yo por lo menos intento que no se convierta en una jungla salvaje.

—¡¡Cállate, maldita puta!!

Di un aullido. Me encontraba fuera de mí misma. Perdí el control. Me levanté y me abalancé sobre ella. Antes de poder llegar a tocar su cuerpo, disparó un tiro al aire. Retrocedí. Nos quedamos quietas las dos, observándonos, jadeando. Entonces sonó el teléfono. Olga lo dejó sonar varias veces. Por fin contestó.

—¿Ya estáis aquí? ¿Está él? ¿No te había dicho que me avisaras antes de llegar? Sí, está bien. —Me miró—. Dile algo para que sepan que sigues viva.

Elevé la voz:

—¡Estoy bien, subinspector!

Olga empezó a asentir con el teléfono en la oreja. Al final dijo:

—De acuerdo, lo hacemos así. Pero ya sabes, tío, si falla algo o me volvéis a engañar o no hacéis las cosas como te digo, esta vez me la cargo. Ya he estado a punto, pero esta vez será de verdad.

Miró por la ventana. «Ahí están», murmuró para sí. Se me acercó, siempre apuntándome, y me tiró de los brazos. Llegamos hasta la puerta, la abrió. Me insertó el cañón de la pistola en la oreja y esperamos. Notaba su temblor en las pequeñas vibraciones del arma. Se encendieron las luces de un coche a unos cincuenta metros de nosotras. Pude distinguir claramente a Garzón, a dos policías y en medio de todos ellos estaba Sergio Ramírez Castillo, sólo en ese momento recordé su nombre completo con claridad. No iba esposado. La chica dijo en voz bien alta:

—¡Los dos policías, fuera!

Obedecieron. Quedaron sólo dos figuras en el campo de visión: una rechoncha y oscura, otra más alta y fornida, con camiseta blanca fácil de distinguir.

—¿Es ese el coche? —preguntó la chica.

Garzón respondió:

—Oye, Mireia, Sergio te quiere hablar.

Oí la voz del preso, rota por el tabaco, aguardentosa:

—Mireia, cariño, las cosas se han torcido.

La vibración del cañón se hizo más fuerte. Me dolió. Yo también empecé a temblar.

—Han cogido a todos los chicos, a Juanma, al Gotero, a Rullán. El plan de la huida en coche ya no se puede hacer. Es que la Merche ha cantado.

Se quedó callado. Oí que Olga-Mireia emitía unos pequeños ruiditos guturales, quizá fruto de la excitación.

—¡Pues vámonos tú y yo solos! ¡Yo a la tía la tengo, ya la ves! —gritó.

—No creo que sea una buena idea, mi amor. Nos trincan seguro y, total, la vieja se ha salvado, no se morirá. Me meterán un tiempo en la trena y ya está. Si nos largamos, puede haber muertos, y ya estaremos en las mismas otra vez.

—¿Y yo?

Sergio no respondió. Garzón dijo:

—Dile a tu novia por qué Merche quiso colaborar enseguida con vosotros en el plan.

—¡Era amiga mía! —dijo la chica.

—Y estaba liada con tu queridísimo galán. Anda, díselo.

Hubo un silencio pastoso que me pareció largo, larguísimo, difícil de soportar. Al fin, el delincuente empezó a hablar:

—Mira, vida mía, suelta a la poli y tengamos la fiesta en paz. No ha pasado nada irremediable.

—¿Lo que dice el madero es verdad? —preguntó ella.

—A ver, cariño, bueno, hubo alguna cosa sin importancia, ya sabes que la Merche es una putilla que se iría con cualquiera. Fue cuestión de unos días, cuatro polvos. Pero tú siempre serás mi único amor.

La presión de la pistola sobre mi oreja se relajó. Luego el cañón salió completamente del pabellón auricular. Yo no cambié de postura. Oí que Mireia me decía:

—Tú llevabas razón, tía, felicidades.

En ese momento, dos geos armados hasta los dientes se precipitaron sobre ambos flancos de la chica, pero no les dio tiempo a hacer nada. La joven se metió la pistola en la boca y disparó. Solté un grito desgarrado que me arrasó la garganta. Reinó un silencio absoluto. Luego se puso en marcha un alocado ballet en el que cada participante parecía conocer su lugar. Varios coches apostados en la sombra encendieron sus faros, iluminando la escena completamente. Regresaron los dos policías para llevarse a Sergio esposado. Le oí decir: «¡Vaya loca, joder, vaya loca!». Un montón de policías corría por el lugar. Los geos trasladaron el cadáver de la chica hasta una ambulancia, tapado con mantas cubiertas de sangre, como lo estaban sus propios uniformes. Mientras todo esto sucedía, Garzón se había colocado frente a mí y me cortaba el nudo de las cuerdas que me tenían todavía maniatada. Me repetía al oído:

—No mire a la chica, Petra, no la mire, por Dios. Ahora mismo nos subimos a la ambulancia que va a llevársela.

—No hace falta, Fermín, estoy bien.

—¿Cómo coño va a estar bien? ¡Mírese las manos!

Tenía dos garras tumefactas, moradas, que me provocaban un intenso dolor. Garzón me empujaba hacia la ambulancia donde acababan de subir a Mireia, pero me negué, revolviéndome, quitándome de encima los firmes brazos del subinspector:

—¡No pienso hacer el trayecto con esa chica muerta a mi lado! ¡Iré con usted en un coche! Lléveme al hospital si quiere, aunque de poco me va a servir.

—De menos le servirá a esa pobre, créame. Está bien, se sale con la suya. Espero no recibir una bronca por no seguir el protocolo.

Dejamos al numeroso equipo inspeccionando la casa, acordonando el recinto, en un movimiento infernal.

Entré en el coche junto a Garzón.

—Tiene que explicarme muchas cosas —dijo él.

—Usted muchas más a mí.

Me costó recuperarme. La intención de mis jefes era que me quedara un par de días en el hospital, pasando por una fase de observación. Supongo que eso es lo que aconsejan los protocolos, pero naturalmente me negué. Me encontraba perfectamente y, sobre todo, no podía soportar por más tiempo la curiosidad de saber qué era lo que había sucedido. Para saciarla tuve sin embargo que esperar. Sufrí los interrogatorios del comisario Coronas y del jefe superior. Tuve que tranquilizar a mi marido, que estaba fuera de sí, convencido de que volvía a verme por pura casualidad y no por los buenos oficios policiales. Por fortuna no les había contado nada aún a los niños, aunque tarde o temprano deberíamos hacerlo él o yo. Buscaría una manera de que el relato resultara menos antiheroico para mi imagen personal.

De lo único que no conseguía olvidarme era de Olga-Mireia, de su terrible final. En ningún momento mientras me retenía había abrigado la sensación de que estuviera tan desesperada como para matarse. ¿Había confiado hasta el último momento en que podría realizar su absurdo plan? ¿Había ido la policía demasiado lejos al informarla de la traición amorosa de su siniestro galán? ¡Cómo podía nadie imaginar que una chica de veintitrés años (eso lo supe después) sería capaz de inmolarse de aquel modo! Yo no lo intuí. Me costaba concebir que sintiera una pasión tan desaforada por un individuo como aquel: zafio, cobarde, cruel, vulgar... Dudaba de que alguna vez desapareciera de mi mente el instante en que volvió el arma contra sí. Su madre, aquella madre que parecía ser para ella la encarnación del mal, no fue localizada hasta dos días después. Era una mujeruca pequeña, renegrida, desgreñada y de rostro surcado por un montón de arrugas prematuras, de manos destrozadas por la lejía. Nos miró sin comprender nada cuando Garzón le contó lo ocurrido. Debo reconocer que lo hizo con bastante delicadeza, aunque se esforzó en no utilizar demasiados eufemismos que pudieran embarullar lo narrado. La mujer miró al suelo en un principio, luego suspiró. «Esa chica nunca le tuvo cariño a nadie», murmuró. «Quizá nadie le dio motivos para sentir cariño», solté yo. Por fortuna el subinspector estaba al quite y no tenía la más mínima intención de que surgieran complicaciones ajenas a lo estrictamente policial. Le dijo que podía hacerse cargo de las pertenencias de la difunta después de llevar a cabo la identificación oficial del cadáver. La acompañó. A la vuelta dijo que aquella madre desnaturalizada se había convertido en una plañidera inconsolable en cuanto había visto el cuerpo de su hija. Un sudario le cubría la cabeza destrozada, pero la identificación fue inmediata. La pobre mujeruca repetía entre espasmos y estertores: «¿Por qué, por qué?». Era una buena pregunta. Probablemente había múltiples razones, pero nunca nadie se interesaría por ellas. Siempre es así, cuanto más desgraciado eres, cuanto más marginal, menos le importa a la gente saber por qué.

Por fin pude hablar largo y tendido con Garzón, los dos solos, frente a dos jarras de cerveza helada.

—¿Usted cree que es normal ser la protagonista de un caso del que todavía no conozco la solución?

—Sí, es normal. ¿No ha visto lo histéricos que estaban todos en comisaría? Pues se pusieron así en cuanto se supo de su desaparición. Tuve que pedirle a Coronas ser yo el interlocutor de la chica. Luego me ayudó todo el mundo, claro está.

—¿A qué le ayudaron?

—Inspectora, admiro su perspicacia. Fue usted naturalmente quien me dio la clave. ¿Por qué me repetía tantas veces: «llámeme por mi nombre»?

—Temí que no me entendiera.

—¡Infundado temor! ¿Quién la conoce mejor que un servidor? Quizá otro hubiera interpretado su insistencia como una de sus tradicionales rarezas, pero yo enseguida supe que no, que aquel «Llámeme Petra, Petra Delicado» era una llamada de alerta. No tuve que pensar demasiado, tampoco yo soy tonto, la verdad. ¿Cómo podía saber aquella chica nuestros nombres? El preso no se había comunicado con nadie, ni los medios de comunicación los habían difundido por la sencilla razón de que no les fueron facilitados oficialmente. Tenía que ser alguien que los supiera, alguien que quisiera ayudar a escapar al acusado. Pensé y pensé... La conclusión era obvia: sólo en el entorno de nuestra comisaría se sabía nuestra filiación.

—Yo llegué a la misma conclusión, pero ¿quién?, ¿qué policía de los que frecuentamos podía desear la liberación de ese tipo?

—Ningún policía, en efecto; pero déjeme terminar. Fui a la cárcel a hablar con el tal Sergio, que es pura escoria, créame. Estuve preguntándole por su novia. Al principio se sorprendió, pero luego iba respondiendo sin ninguna sospecha. Como ya se imagina, él no sabía nada del plan de liberación, así que como mis preguntas eran genéricas y sin aparente interés, él iba largando. Cuando me dijo que su chica se había dedicado en los últimos tiempos a fregar escaleras de inmuebles, encontré la clave que necesitaba: el servicio de limpieza de comisaría. Localizar a la empleada sospechosa no fue tan difícil, sólo había una de la edad de la novia: Mercedes Arrabal. Ya está detenida, no me lo pregunte. La localicé y me empleé a fondo en su interrogatorio. La acojoné. Le costó, pero acabó por cantar. ¡Cuatro, cuatro tipos de la banda de Sergio habían ideado el plan!, y por supuesto Mireia, que recordó enseguida cómo una de sus amigas hacía la limpieza de la nuestra y de dos comisarías más. ¿Usted conoce a Mercedes Arrabal? Probablemente la había visto por los despachos más de una vez, pero no la recuerda. Ella sí nos conoce, y mientras Sergio estuvo detenido pudo vernos con él, sabía nuestros nombres. Mireia le pidió ayuda y ella, tal y como ha declarado, forzada por los cuatro compinches, le contó todo lo que sabía sobre nosotros, incluidas nuestras costumbres de salida del trabajo tardíamente más de una vez e incluso los lugares que escogemos para aparcar. ¡En bandeja!

—¡Podían haber secuestrado a otro compañero!

—Probablemente sí, pero Mireia nos quería a nosotros. ¡Así ejercía la venganza y hacía más verosímil su amenaza de quitarla de en medio a usted! Se aseguraba de que la tomaríamos en serio.

—¡Joder!

—¡Esa es la palabra apropiada, *joder*! La limpiadora cantó los nombres de los chicos de la banda, que ya están detenidos. La ayudarían a urdir el plan, pero luego la dejarían sola ante el peligro.

—¿Sabía los nombres de la banda?

—¡Por supuesto! La amistad entre esas dos mujeres se desarrolló un tiempo con salidas y juergas generales de toda la panda. Luego, Mercedes se distanció del grupo, ¿y sabe el motivo? ¡Había ligado fugazmente con Sergio y le remordía la conciencia de cara a su amiga! También por eso la ayudó soplándole nuestras coordenadas sin ningún problema.

—¡Joder!

—¡De nuevo da en el clavo, *joder*! Pero todo esto no hubiera podido remediarse y llegar a un final feliz sin la inestimable colaboración del cabronazo mayor del reino.

—¿Sergio?

—*Yes!* Cuando le dije que conocíamos el plan de fuga y cómo lo iban a realizar se quedó boquiabierto, nunca había oído hablar de semejante proyecto. Soltó reniegos de todo tipo contra Mireia, contra sus compinches... Es un tipo bragado, con experiencia, sabía que se trataba de un proyecto de difícil ejecución, casi imposible. Además, no estaba en su mente la posibilidad de una fuga cuyo resultado podía ser un montón de años más de prisión. Su decisión de colaborar con nosotros fue definitiva cuando llegaron los resultados del hospital certificando que la vieja señora viviría. A él se le ocurrió mencionarle a Mireia que había ligado con Mercedes, pensó que eso le causaría la suficiente decepción como para abandonar la extravagancia de intentar sacarlo de la cárcel.

—Y usted lo instó a decírselo cuando llegó el momento, por si se le olvidaba. Es más, fue usted quien lo hizo.

—Sí, nunca pensé que se suicidaría.

—Ya lo sé, subinspector, pero no se haga mala sangre: no se suicidó por eso, fue sólo un coadyuvante más.

—Pero un coadyuvante de puta madre, reconozcámoslo. Es triste, pero es así. ¡Vaya historia!, ¿no, inspectora? Ella ideando fugas románticas, él preguntándose qué sentido tendría ser perseguido por todas partes junto a aquella loca de atar.

—No eran evidentemente Bonny and Clyde.

—Les faltaba glamur.

—Y ambición. En cualquier caso, Mireia era carne de desgracia.

—¿Es una nueva expresión?

—Llevaba la desgracia marcada como una divisa. Para mucha gente es así: la infelicidad es su destino. Pero lo malo no es que no sean capaces de revertir ese final, sino que, cuando lo intentan, siempre escogen soluciones equivocadas, casi diría contrarias a lo que de verdad podría ayudarlos.

—¿Y no existe modo de salir del túnel?

—En fin, no estoy segura. Supongo que psicoterapia, amor, comprensión..., justamente lo que les cuesta alcanzar. Soledad infinita, subinspector, pobreza económica, dolor..., sólo cuentan con eso.

—Suena terrible.

—Lo es.

Intercambiamos una mirada grave, que traducía la imposibilidad de determinar si el mundo era una jungla salvaje o un enorme desierto sin confines. Garzón reaccionó:

—Pero, al fin y al cabo, ¿acaso nosotros somos

responsables de que la vida sea tan bestia? ¡Pues no!, y tenemos la obligación de luchar contra el desánimo.

—¿Ah, sí?

—¡Pues claro! Imagínese que nos hundimos por cada tropezón ajeno del que tenemos noticia. ¡Sería espantoso, apenas si podríamos seguir con nuestra vida, sembraríamos la tristeza entre nuestras familias y la estupefacción entre los compañeros de trabajo!

—Ya veo. Entonces, ¿sólo cuentan los tropezones propios?

—Esos, con no reconocerlos o no hacerles mucho caso... Ni usted ni yo somos carne de desgracia, Petra, y por una vez que las injusticias nos son favorables, no vamos a protestar. ¿Sabe lo que vamos a hacer exactamente, de qué modo vamos a combatir los terribles designios de la fortuna?

—Me lo imagino.

—Pues se imagina bien. ¿Por qué se inclina: otra cerveza en La Jarra de Oro o cena de lujo en un bistró?

—Dado que los designios son tan extremos, quizá deberíamos ir al bistró.

—Sus deseos son órdenes para mí, y sus órdenes..., bueno, sus órdenes son ya los diez mandamientos inscritos en las tablas de la ley.

Me eché a reír. Hablan los científicos de la capacidad de superación de los humanos, de la enorme resiliencia de los niños frente a la adversidad. Pues bien, en el próximo experimento que lleven a término, voy a llevarles a Garzón como objeto de estudio. Pulverizará los parámetros, lo harán resiliente del año, campeón de campeones, el padre de todas las resiliencias. Estoy convencida de que al final de los trabajos los invitará a todos a beber en un bar. Y seguro que aceptaban.

Vinaròs, agosto de 2018

Todos quieren ser hermosos

Mi aspiración frívola, aprovecho para decir que todo el mundo tiene derecho a una aspiración frívola e incluso a algunas más, es investigar un caso que contenga glamur. No me refiero a una marquesa estrangulada en su palacete por una media de seda, como una vez me soltó Garzón en plan impertinente, sino a un caso que, al menos, no esté tan lleno de banalidades y cutreces como suele suceder. Asociado a semejante anhelo, hay otro casi tan importante como el primero: que el tiempo de resolución del susodicho caso sea breve. Pues bien, este segundo deseo se cumplió con exactitud en el caso del que me dispongo a hablar. En una semana nos lo ventilamos el subinspector y yo sin necesidad de acudir a Scotland Yard, el FBI, ni ninguna otra panda de aficionados. No puedo decir lo mismo del cuerpo principal de mi aspiración frívola: el caso no fue glamuroso en absoluto. Es más, fue deprimente y sórdido a morir. Pero, en fin, ya que voy a contarlo, no quiero precipitar acontecimientos.

Nos llamaron justamente un lunes para informarnos del caso en cuestión. Un hombre de unos treinta años había sido encontrado muerto en la cocina de su piso en el barrio del Bon Pastor, una zona de la ciudad que no se caracteriza por el lujo de las viviendas que lo componen, ni por la renta alta de los habitantes que las ocupan. Pues bien, el tipo fue hallado sentado a la mesa, con la boca llena de un polvo blanco, que también le embadurnaba las manos y parte del rostro. Un envenenamiento sin duda alguna. Nuestros compañeros de la Científica dieron enseguida con el polvo ejecutor: una bolsa de matarratas medio escondida debajo de la mesa. El cadáver fue hallado por la madre de la compañera sentimental del treintañero. Ambos vivían allí y la buena señora, ya de bastante edad, había ido a echarle una mano a su hija con la limpieza, ya que esta se encontraba trabajando en una peluquería unisex de la que era propietaria. Solía hacerlo alguna vez, su hija era una mujer atareada, y justo aquella mañana encontró la puerta forzada y casi se desvanece de horror al toparse con la pareja de su hija, inerme y en aquellas condiciones extremas.

Mientras los de la Científica trabajaban, Garzón y yo hacíamos frente al aluvión de lágrimas que salían de los ojos de aquella mujer, abundantes como si llevaran décadas almacenadas en su interior. El tema espinoso era que la hija aún no había sido avisada del deceso, su madre no se atrevía a llamarla. Rápidamente comprendí que caía sobre mis costillas uno de los papeles que más detesto: la desveladora de tragedias. Teóricamente, en la policía se considera que las mujeres somos perfectas para ese cometido, por lo que a veces nos buscan para llevarlo a cabo incluso si no se trata de un caso que estemos investigando. Suelo escaquearme de semejante horror. Decidí intentarlo una vez más.

—Oiga, Fermín, ¿le comunica usted a la peluquera que su pareja ha muerto?

—¿Yo? Creo que le corresponde a usted, inspectora.

—Hoy no me veo con muchos ánimos, la verdad. He dormido muy mal. ¿Qué tal ha dormido usted?

—Divinamente, pero no hay ninguna ordenanza que ligue la calidad del sueño con el servicio.

—Ya lo sé, sólo quería poner a prueba su amistad.

Garzón me miró, y si esa mirada hubiera tenido capacidad homicida, yo no estaría contando esto. A pesar de ello, sus palabras siguieron otros derroteros menos criminales, porque dijo cortésmente:

—Comunicaré a la chica el fallecimiento, no se preocupe.

—No lo haga hasta que el juez haya autorizado el levantamiento del cuerpo y se lo hayan llevado a la morgue. No quiero que lo vea atiborrado de polvos como una vulgar cucaracha.

—Muy considerado por su parte.

Nos encerramos con la madre en el pequeño salón de la casa. La mujer, poco a poco, dejó de llorar, y ahora sólo se lamentaba quedamente mientras desgranaba su relato. La hija peluquera se llamaba Asun y vivía a su vez con su hija Sara, de veinticinco años, en aquel piso de alquiler. El marido de Asun y padre de Sara las había abandonado a ambas mucho tiempo atrás.

—Era un mal bicho, yo se lo dije a Asun antes de

casarse. Hasta por la cárcel pasó. Se dedicó a tomar drogas y hacer de camello. Asun no hubiera sabido nada de él si no hubiera sido porque alguna que otra vez venía a verla para pedirle dinero. Si ustedes me permiten una mala palabra: era un cabrón.

—¿Se vieron últimamente?

—¡No, pero si Paco murió hace casi cuatro años! Murió malamente, lo encontraron con un par de navajazos en un callejón de la zona de almacenes en Badalona. La policía dijo que era un ajuste de cuentas entre camellos. ¡Fíjese usted con qué perla fue mi hija a cargar!

En ese momento las lágrimas torrenciales volvieron a sus ojos.

—Nunca tuvo mucha suerte, la pobre. Es demasiado buena. Aguantó a su marido todo lo que pudo y cuando se largó sin pasarle ni un duro, nunca se lo reprochó. Hasta dinero le daba si venía por aquí.

—Tranquilícese, por favor.

—Sí, ya me tranquilizo, pero es que me da mucho coraje, porque a veces pienso que la culpa la tengo yo.

—¿La culpa de qué, señora?

—Asun creció sin padre. Yo fui madre soltera y hoy en día eso no tiene importancia, pero entonces eran otros tiempos y no lo pasamos bien. Trabajé limpiando oficinas toda la vida hasta que me he jubilado. Yo creo que mi niña se casó con Paco y lo aguantó, porque no quería ser como yo y estar sola. ¡Y ella es un sol, créame, un sol!, y no es porque yo la haya criado. Es buena, tranquila y trabajadora como la que más. Ella sola pidió un préstamo y montó la peluquería hace siete años, ¡y bien que le va! Ya ha dado la entrada para un piso nuevo cerca de aquí, ¡y ahora va y pasa esto!

—¿Quién es el chico que hay en la cocina?

—Pues es Ismael. Mi hija lo conoció hace más o menos dos años y al cabo de un tiempo se vino a vivir con ella y con mi nieta Sara. Estaba en el paro, pero era un buen chaval. Parecía que Asun ya se había arreglado con él... ¡y ahora esto!

Antes de que arreciara de nuevo su llanto, Garzón preguntó:

—Pero ¿qué edad tiene su hija, señora?

—Cincuenta y tres.

—¿Y cuántos tenía Ismael?

—Treinta y uno. Sí, ya sé que era mucho más joven que ella, pero usted ya sabe que hoy en día esas cosas a nadie le extrañan.

—No, claro que no —dijo Garzón diplomáticamente.

—¿Tiene usted alguna idea de por qué ese chico está ahí al lado, intoxicado aparentemente con matarratas?

—¿Yo?, ¡yo que voy a saber!

—¿Tiene idea de si alguien deseaba su muerte?

—No, no sé nada, yo venía a limpiar para echarle una mano y...

Ahora su llanto era ya inconsolable. Le pedí que volviera a su casa, no hablara con nadie y se quedara allí hasta que la avisáramos.

—¿Y no puedo ver a Asun?

—En cuanto sea posible, la verá.

Garzón y yo regresamos a la cocina donde nuestros colegas ungidos por la ciencia daban ya los últimos toques. Nos dio tiempo de saludar al juez, que ya había firmado y tenía prisa por marcharse. Aun así, comentó:

—Es raro todo esto, ¿verdad, señores? ¡Un tipo metido hasta los ojos en matarratas! ¡Nunca había visto nada así! Me han dicho que la cerradura estaba forzada, pero este hombre no parece haber luchado con nadie. ¿Y quién se suicida pegándole bocados a una bolsa de veneno? Raro raro. No sé, iba a decirles que no les cambiaría el puesto teniendo que investigar esto, pero tal y como tengo el juzgado de asuntos pendientes, igual salía ganando.

Garzón y yo dimos una vuelta alrededor del cuerpo antes de que lo metieran en la funda. Sí, era un hombre joven, a pesar de una notable calvicie se apreciaban unos músculos fuertes y trabajados saliendo de las mangas de su camiseta.

—Este juez lleva razón. Esto es raro de cojones.

—¿Ha pasado el nombre para la identificación, Fermín?

—Sí, amada inspectora. He llamado por teléfono enseguida por si acaso también era una prueba de amistad.

Cuando Garzón pasó su prueba amistosa comunicándole a Asun la muerte de su chico, yo estaba observándolos a través de un cristal. Veía los ademanes, pero no me llegaban las palabras. Era como una sesión de cine mudo y, como en el cine mudo, la reacción de la mujer resultó gesticulante y desmedida.

Se tapó las orejas con las manos, convulsionó hacia el suelo, colocó ambos brazos alrededor del estómago y finalmente se desplomó con suavidad. Entonces el subinspector pidió ayuda al policía de guardia en la puerta y los dos hombres la alzaron por las axilas y la ayudaron a sentarse. En ese momento entré yo. Me había librado de dar la noticia, pero de la sesión de lágrimas no iba a librarme de ninguna manera.

Nada más dar un paso en la sala noté el olor a productos de peluquería que despedía la mujer. Lloraba, en efecto lloraba, y sabíamos que debíamos dejarla desahogarse durante un buen rato. Con la excusa de ir a buscar café pude salir un tiempo, pero cuando regresé con la jarra y los vasos de papel, el llanto seguía manando.

—Asun, deje de llorar, por favor. Tenemos que hablar con usted. Tómese este café que he traído, le sentará bien.

Asintió varias veces y, aunque su rostro estaba cubierto por una máscara trágica, se las compuso para contenerse y empezar a responder, incluso se bebió el café sin dejar ni una gota. Ojalá, y eso parecía, nos encontráramos frente a una mujer razonable.

—Asun, dígame: ¿tenía Ismael algún enemigo?

—¿Enemigos? No, no, era un chico muy normal.

—A veces a la gente normal también la odia alguien.

—No, a él no.

—¿Conoce a su familia?

—Ismael no tenía familia. Creció en una casa de

acogida de las que se ocupa la Generalitat. A los dieciocho los dejan en la calle y tienen que buscarse la vida. Él trabajaba de albañil y compartía casa con un amigo.

—¿Cómo se conocieron?

—Vino a la peluquería. Era guapetón y le gustaba estar bien arreglado. Empezamos a hablar, nos gustamos y...

—No llore, por favor.

—No lloro, no. Ya estoy bien. Al final le dije que se viniera a vivir con nosotras. Nunca había tenido un hogar. Hace un año se quedó en el paro, pero como ni siquiera lo tenían asegurado no cobraba nada. Era un chico sin suerte, y por una vez que tenía alguien que lo quería...

—¿Lo mantenía usted?

—Bueno, inspectora, dicho así puede entenderse mal. No piense que Ismael era un caradura que se aprovechaba de mí, nada de eso. A él le preocupaba estar sin empleo, buscaba trabajo todo el tiempo, pero ya sabe usted cómo está la situación. Como no encontraba nada, en los últimos tiempos se desmejoró mucho por el estrés, ¡hasta se le estaba cayendo el pelo! No era el típico vivalavirgen, nada de eso, no. Hasta le había dicho que aprendiera a lavar cabezas y así podía ayudarme en la peluquería, pero él no quería, le parecía que..., no sé, era muy hombre, y estar con tantas mujeres y encima en un negocio mío..., ya sabe cómo son los hombres, inspectora.

Miró subrepticiamente a Garzón y yo asentí para que no abundara más en sus opiniones sobre la masculinidad. Seguí preguntando.

—¿Ismael tenía amigos, sabe qué tipo de lugares frecuentaba mientras usted estaba trabajando?

—Iba a un gimnasio del barrio y a veces tomaba una cerveza a la salida con algunos chicos de allí. También tenía un antiguo amigo de su edad que conoció en la casa de acogida. No se veían mucho, sólo de vez en cuando. Un día estuvo comiendo en mi casa. Muy simpático, muy buen chaval.

—¿Se drogaba Ismael, tenía alguna cuenta pendiente con la justicia?

—¡No! Yo le digo que era buen chico, pero usted no me escucha.

Antes de que se liaran las cosas, le pedí que diera a Garzón todos los datos de las personas que había citado y salí de la estancia. Un minuto más y la hubiera enviado al infierno. Era evidente que no sacaríamos de ella ningún detalle de interés. ¿Cómo puede tener alguna mancha en su historial un ángel del cielo, un ser perfecto, un hombre muy hombre?

El comisario Coronas estaba de los nervios. Le daba la impresión de que aquel muerto tan lumpen no tenía la importancia de los demás. Era cierto que nos encontrábamos bajo mínimos de personal y que se habían disparado los casos en las últimas semanas, pero meternos prisa no iba a ser la solución. Cada cosa requiere su tiempo y, para empezar, ni siquiera teníamos la certeza de que Ismael hubiera sido asesinado. La posibilidad de un suicidio desesperado aún me rondaba en la mente. Aunque en ese supuesto, ¿por qué habían reventado la cerradura del piso?

Garzón volvió de sus pesquisas no muy animado. Ismael Pino Lahuerta carecía de antecedentes penales, lo cual complicaba la historia un poco más. Encima, el forense no podría darnos los resultados de la autopsia hasta pasados dos días. Cuando le dije que el comisario estaba apretándonos las tuercas en cuanto a plazos, se encogió de hombros y afirmó que, al parecer, la autopsia sería compleja porque incluiría análisis de sustancias. Luego soltó una frase que se ha puesto de moda en España: «Es lo que hay», la cual viene a significar cosas tan filosóficas como «No se puede hacer nada contra el destino» o pensamientos tan simples como «Te pongas como te pongas, va a dar igual».

Al día siguiente decidimos pasarnos por la peluquería de Asun para echar una ojeada. No estaba cerrada como en algún momento llegamos a pensar. La propietaria no se hallaba presente, por supuesto, pero su hija Sara se había hecho cargo del funcionamiento habitual. Había varias clientas en el interior y dos muchachas jóvenes se afanaban por atenderlas. Como sé que por regla general la policía no está bien vista en un negocio, entré y pregunté por la responsable. Sara era fornida, llevaba el pelo muy corto, varios aretes insertados en el pabellón de ambas orejas y una boa constrictor de varios colores tatuada en el brazo. La hice salir a la calle. Como muchos jóvenes de su edad, era lacónica y tenía una idea sui géneris de la amabilidad. Nos preguntó qué queríamos y puso mala cara ante nuestra pretensión de hacerle algunas preguntas.

—Justamente no he querido cerrar la pelu para

que las clientas no se enteraran de todo el follón y ahora viene la poli aquí.

—Por eso estamos fuera. Será un momento. De todas maneras, si quiere podemos citarla en comisaría.

—No, ya está bien así. ¿Qué queréis preguntar?

—Cosas que a lo mejor usted sabe sobre Ismael y su madre.

—¿Como qué?

—Como si se drogaba o andaba con mala gente, o si había otra mujer en su vida..., ya sabe, queremos saber la parte que no se ve.

—¡Ah, y yo qué sé! Con el Isma no hablaba mucho. Pero no me extrañaría nada de lo que decís, un tío que se ha criado en una casa de acogida...

—Pero ¿tú alguna vez...?

—No, yo nunca lo vi fumarse un canuto ni pincharse. Alguna vez vino algún coleguilla suyo por casa, todos unos *pringaos*. Pero si asaltaban bancos o mataban viejas, eso no lo sé.

—¿Y si tenía otra mujer aparte de su madre?

—No creo, no lo sé.

Me arriesgué a pincharla un poco.

—¿Alguien de quien su madre pudiera estar celosa?

Fue como si hubiera tocado un cable de alta tensión. Se volvió hacia mí con la cara roja de rabia y casi me escupió las palabras.

—¡Claro, le cargáis el muerto a mi madre y ya está! Pues que sepas que no, que mi madre al Isma lo quería un montón y él a ella también.

Intervino el subinspector.

—¡Tranquila, chica, háblale con respeto a la inspectora o esto puede acabar mal!

Lo miró con odio. Yo no me inmuté.

—Su madre nos ha contado que en la última época Ismael tenía problemas de estrés. Ella lo achaca a que no encontraba trabajo, ¿usted sabe si había alguna otra razón?

Fue por primera vez un poco más locuaz.

—Oye, no te hagas líos, que el Ismael estuviera liado con mi madre no quiere decir que fuéramos una familia de las de toda la vida. Cada uno iba a su bola. Yo ya no soy una cría y no me paso el día en casa jugando con la Barbie. Trabajo muchas horas, entro y salgo, voy por ahí. Por eso os contesto a esas cosas que no lo sé, porque no lo sé. Pero lo que sí que sé es que mi madre se hubiera dejado matar ella antes de tocarle un pelo al Ismael.

—¿Tienes novio? —le preguntó Garzón.

—¡Y a ti qué te importa!

Comprobé con alarma cómo el subinspector se ponía tenso. Intervine enseguida.

—Conteste a mi compañero, por favor.

—Sí, tengo novio.

—Está bien, puede marcharse. Haga salir a sus tres empleadas.

—¿Y me quedo sin personal?

—Será sólo un momento.

Al ausentarse la chica, Garzón suspiró.

—Si yo a los veinte años le hubiera hablado así a una persona mayor, mi padre me hubiera dado una manta de hostias.

—Serénese, Fermín. La juventud de estos chicos ha sido azarosa, nada que ver con nuestra seguridad.

—¡Que yo pasaba hambre, joder!, y ni aun así se me hubiera ocurrido en la vida...

La salida de las tres chicas lo interrumpió, por fortuna para mí. Estaban al tanto de la muerte de Ismael y asustadas sin duda. Respondieron con corrección. Sí, Ismael solía ir por la peluquería para hacerse tratamientos de belleza. «Los hombres, hoy en día, todos quieren ser hermosos», argumentó una de ellas. Nunca había dado problemas, nunca habían notado nada raro en él, tampoco en los últimos meses. Nada extraño, nada noticiable, nada de nada. Añadimos la fórmula habitual: «Si recuerdan algo...», y regresamos a comisaría con las manos en los bolsillos y los bolsillos vacíos.

Le comenté a Garzón que iba a acudir al despacho de Coronas para decirle abiertamente que la resolución del caso no iba a ser tan inmediata como él pretendía. Enseguida me disuadió.

—Vaya en otro momento. Ahora está reunido con un tal comisario Montalbano de la policía italiana. Ha venido de visita oficial.

—¿El siciliano? Un tipo famoso en todos lados. Parece que es muy bueno profesionalmente.

—En ese caso, tardará en salir. Ya sabe que a Coronas le priva la notoriedad.

—¿Ha conseguido las direcciones de los amigos de Ismael?

—Las tengo apuntadas en mi móvil.

—¡Perfecto, subinspector, pronto se hará usted tan célebre como Montalbano!

—Para eso hay que ser siciliano.

—¡Y tan competente como él!

Empezamos por el amigo de infancia de Ismael Pino. Quizá fuera por los muchos prejuicios que llevamos sobre los hombros sin darnos cuenta, pero el caso es que no encontré lo que esperaba. Había imaginado que otro chico de acogida como el difunto viviría de modo un tanto marginal, sobre todo después de haber oído a la dulce Sara calificarlo como un *pringao*, pero me equivoqué. Él no se hallaba en su casa, sino trabajando en la fábrica textil donde estaba empleado desde hacía varios años. Eso nos contó su mujer, una joven amable que llevaba en los brazos a un bebé y a cuyo flanco se acurrucaba una niña de corta edad. La tranquilizamos, asegurándole que no había ningún tema policial que implicara a su marido. Volveríamos a las cinco de la tarde, cuando él ya estuviera de regreso. Desestimé acudir a la fábrica. Supuse que la presencia de la policía podía ser perjudicial para Julio, que así se llamaba.

—Con tantas contemplaciones se nos va a echar el tiempo encima, y el comisario viene empujando —me reprochó Garzón.

No le escuché. Faltaba un día entero para recibir los resultados de la autopsia, no se podía correr más. Para atemperar sus ánimos levantiscos lo invité a comer. Estábamos en La Sagrera, un barrio obrero. Pero en los barrios obreros de Barcelona a menudo se puede topar uno con restaurantes muy notables de los que sirven un menú simple, aunque sabroso.

Todo es cuestión de saber localizarlos. Preguntamos en una gasolinera, que suele ser una excelente fuente de información sobre el tema. La maja parecía ser el lugar, y no estaba muy lejos de allí.

Había cola para sentarse a una mesa. Un montón de trabajadores, muchos de ellos ataviados con sus trajes o monos de faena, daban cuenta de los platos que dos camareras servían con buen ritmo. El comedor era grande y la animación de las conversaciones producía un ruido infernal. Aunque eso suele fastidiarme e incluso arruinarme una comida, sabía que no habría manera de sacar al subinspector de allí. Nos acodamos en la barra y pedimos cerveza, un clásico ideal para esperar. Como charlar era prácticamente imposible, nos dedicamos a observar a la concurrencia. No tardé en preguntarme si aquella no era la auténtica España, un país de currantes felices de tener trabajo y comida compartida en un restaurante popular. Llegué a la conclusión de que quizá era así, o quizá no. Mientras yo elucubraba infructuosamente, el subinspector seguía con la mirada a las camareras, o sería más correcto decir que seguía con la mirada y el olfato lo que las camareras portaban en las manos. Al cabo de un cuarto de hora ya sabía lo que iba a pedir. Fue concreto cuando nos dieron mesa por fin. «Las lentejas con chorizo y el atún», ordenó. Yo me incliné por una ensalada de arroz y las salchichas del país. Mi compañero mugió de placer con la primera cucharada.

—¡Mmmmm! ¡Esto está delicioso! ¡La maja es auténtica!

—Mucha «maja», pero las chicas que sirven son rusas.

—¡Qué darían en Rusia por unas lentejas así! ¡Están de muerte!

—Hablando de muerte, subinspector: ¿va haciéndose alguna opinión sobre el caso?

—¡Por favor, inspectora, hablar ahora de muerte es de un mal gusto espantoso!

Lo di por imposible. Hasta que acabáramos de comer sería difícil hacer referencias al trabajo. En el fondo, lo celebré.

A las cinco y media en punto estábamos de nuevo en el domicilio de Julio Manzano. Nos recibió él y no había en la casa ni rastro de la familia que habíamos conocido brevemente. Enseguida nos dimos cuenta de que estaba angustiado, y tranquilizarlo pasaba por contarle la muerte de Ismael. Nos llevó a un minúsculo salón en el que había juguetes esparcidos por el suelo. Tomamos asiento en el sofá, y él puso una silla frente a nosotros. Fue Garzón quien le soltó el bombazo. Su cara expresó al principio sorpresa, después incredulidad, pasando a ser finalmente una mueca de dolor. Sólo acertaba a susurrar: «No puede ser, no puede ser». Se recompuso como pudo, aunque las manos siguieron temblándole un buen rato.

—No he visto ninguna noticia en televisión —dijo en voz baja.

—Todavía no lo hemos hecho público. Existe una lejana posibilidad de que se haya suicidado. Murió envenenado con matarratas.

—Pero ¿por qué, por qué?

—Eso es lo que queremos que nos ayude a descubrir. ¿En qué andaba metido Ismael, tomaba drogas, traficaba con ellas, tenía implicación en algún negocio sucio, podríamos estar ante un ajuste de cuentas?

Mis preguntas lo desbordaron y pasó un momento hasta que puso orden en ellas. Negaba con la cabeza enérgicamente.

—No, no, no puede ser. Él no andaba metido en nada feo, estoy seguro. No es que nos viéramos todos los días, pero de vez en cuando salíamos. Me acompañaba al parque con los críos, o íbamos los dos solos al mercado de San Antonio a comprar discos de segunda mano, tomábamos una cerveza..., él me lo hubiera dicho de estar en problemas o yo lo hubiera notado. Nos criamos juntos en la misma casa de acogida, lo conozco muy bien.

—¿Quién pudo tener motivos para matarlo?

—¡Nadie, seguro, nadie! Era un buen tío, de verdad. Tenía su carácter a veces cabezota, era un poco chulo, le gustaba darse aires, ser el más guay, el primero de la fila, pero de meterse en drogas o en malos rollos... no, estoy seguro de que no.

—Sabemos que vivía con Asun y su hija, pero, aparte de eso, ¿tenía alguna amante?

Se quedó un momento en suspenso y volvió a negar.

—No. También me lo hubiera dicho. Le gustaba pavonearse con las mujeres, seguro que me lo hubiera dicho. Había tenido muchas relaciones antes de Asun, pero con ella ya estaba desde hace tiempo y, que yo sepa, todo iba normal.

—¿Se llevaban bien?

—Asun es muy buena mujer, pero, claro, es bastante mayor que él. No digo yo que él estuviera muy orgulloso de vivir con ella, a veces..., a veces parecía que se avergonzaba un poco, pero ya le digo que era muy pavero, la realidad es que vivían juntos sin problemas.

—¿Con Sara se llevaba bien?

—Se llevaba normal. Estaba el asunto del dinero y a veces la chica se lo restregaba un poco por la cara.

—¿Qué asunto del dinero?

—Digamos que el fallo de Ismael es que no era demasiado trabajador. Mejor dicho, sí que le gustaba trabajar, pero había dos cosas que no aguantaba: madrugar y tener un jefe que lo controlara y le dijera lo que tenía que hacer. Entonces, como Asun le ayudaba económicamente hasta que encontrara un curro, pues la hija..., bueno, alguna vez se había encarado con él. Pero poca cosa, ¿eh? La Sara iba a su rollo cada vez más. Le había oído decir que pronto se largaría a vivir con la novia.

—¿Con la novia, no sería con el novio?

—No, ¿no saben eso?, Sara es rollo bollo. Su novia se llama Patricia y trabaja en una fábrica cerca de Barcelona.

De vuelta a comisaría con Garzón iba dándole vueltas al término *rollo bollo*, que no había oído con anterioridad. Mi compañero de coche interrumpió mis pensamientos lingüísticos con una afirmación radical:

—Este chico no ha mentido, Petra.

—Supongo que no.

—¿Supone? Yo le digo que un chaval que se cría en una casa de acogida y es capaz de tener una familia, un trabajo y llevar una vida normal no miente.

—No nos dejemos arrastrar por los sentimentalismos, aunque estoy de acuerdo con usted.

—Estaba muy seguro de lo que decía. Ismael no andaba metido en nada ilegal ni tenía amantes aparte de Asun, lo cual empeora las circunstancias de nuestra investigación.

—El interrogatorio no ha sido inútil en absoluto. Podemos descartar un ajuste de cuentas por drogas y una venganza por celos. Pero hay más datos importantes en las palabras del testigo. Ahora contamos con un retrato mucho más perfilado de la personalidad del muerto y, gracias al *rollo bollo*, también es descartable que Sara estuviera liada con él.

Garzón desvió la mirada hacia mí con sorpresa.

—¿Había pensado en esa posibilidad?

—Mi querido subinspector, cada vez estoy más convencida de que nos encontramos ante un crimen de familia. El único problema es que no sabemos quién pudo cometerlo, ni por qué.

—¿La abuela queda fuera de sospecha?

—Cuando tengamos más pruebas se lo diré.

Nada más pisar comisaría, Coronas se precipitó sobre nosotros. Volvió a meternos prisa. Fue inútil recordarle que faltaba un día para conocer las conclusiones de la autopsia. Parecía que el caso que nos había encomendado le importaba un bledo. Nos lo dijo bien claro: aquel era un asesinato sin entidad y no podía permitirse el lujo de que dos agentes estuvieran consagrados a él por completo. Luego soltó el ultimátum: si en una semana no lo habíamos resuelto, nos encargaría otro trabajo que tendríamos que compaginar con el actual. Garzón estaba considerablemente enfadado de camino al despacho.

—¡Un asesinato sin entidad! Aunque ya te hayas muerto, el clasismo sigue imperando.

—Hasta con tu alma sigue existiendo. ¿El cielo, el infierno, el purgatorio? ¿Qué es eso sino pura discriminación?

No estaba para bromas mi subalterno. En el fondo, tampoco yo.

El gimnasio al que estaba apuntado Ismael se encontraba bastante cercano a su casa. Un gimnasio de barrio sin más, pequeño, cutre, impersonal. El recepcionista era el dueño a su vez. Se quedó patidifuso cuando le informamos de la muerte de Ismael, era un cliente habitual. Nos contó que siempre utilizaba las máquinas de musculación, y que nunca había habido ningún problema con él. Era amistoso con todo el mundo y pagaba las cuotas siempre dentro de plazo. Garzón le dijo que sabíamos que a veces iba a tomar unas cervezas con otros clientes del centro y le pidió que nos los indicara. Nada más fácil, los dos tipos que compartían asueto con él, justo en el bar de al lado, estaban allí en aquellos momentos. Supuse que no era una extraña casualidad, por la pinta que tenían cuando se acercaron a nosotros eran pura carne de gimnasio y debían de pasarse la vida fortaleciendo musculatura. «Todos quieren ser hermosos», volví a pensar en la frase de la ayudante de peluquería.

No teníamos mucha fe en que nos informaran sobre cosas de interés. Al fin y al cabo, Julio tenía más amistad con el finado mientras que estos dos tipos eran relaciones eventuales. Se me ocurrió hacerles una pregunta genérica: «¿Qué sabían de él?». Bueno, sus conocimientos tampoco estaban mal para lo poco que se trataban. Les había contado que era informático, que tenía horario libre y ganaba mucha pasta y que estaba viviendo con una jovencita que era un bombón, lo cual no impedía que de tanto en tanto se marcara alguna aventura por ahí. «Con las mujeres, pocas contemplaciones» era una frase que solía repetir. ¡Pobre diablo!, pensé. ¿Qué más mentiras podía haberles colado? Me dieron ganas de preguntar: ¿y ustedes le creían?, pero era inútil continuar, de aquellos mastuerzos no íbamos a sacar gran cosa, aunque venían a corroborar la desdeñable manera de ser del muerto e incluso añadirle un componente más: se avergonzaba de ser un pringado y, sobre todo, se avergonzaba de la mujer de la que presuntamente estaba enamorado. Un poema de tío, cada vez me caía peor. Como el subinspector y yo hace tantos años que trabajamos juntos, estoy segura de que ha adquirido la facultad de leerme el pensamiento porque, cuando paramos a tomar una cerveza en un café, me descerrajó la frase siguiente:

—A usted el tal Ismael le cae como el culo, ¿verdad, Petra?

—No es buena la comparación, porque hay culos varoniles que son una auténtica preciosidad, como el de Denzel Washington, sin ir más lejos.

—Déjese de disimulos, ¿le cae fatal sí o no?

—¿Y quién puede caerme bien en esta historia? La abuela, una señora pesadísima que se presenta en casa de su hija sin avisar con el cuento de ayudar en la limpieza. La hija, una tía impertinente y malcarada. La única potable sería Asun, pero a mí esas mujeres abnegadas que son capaces de soportar y mantener a un gilipollas con tal de tener un hombre cerca..., ¿qué quiere que le diga? Tampoco es que me caigan muy bien.

—Es usted dura como el pedernal, inspectora.

—Podría contestarle que la vida me ha hecho así, pero no quiero resultarle demasiado cínica. Por cierto, apúntese una orden en la memoria: mientras yo voy al despacho para redactar los informes de lo que hemos estado haciendo, diríjase a la pelu de Asun, quédese esperando sin que le vean y cuando salga alguna de las empleadas sígala y en un lugar discreto pregúntele si la mañana de autos Asun llegó a la misma hora de todos los días.

Estaba tan clara mi intención que ni siquiera me preguntó el porqué de la orden. Yo cumplí con mi parte y me fui a trabajar en los malditos informes, cosa que odio hacer. A las siete y media de la tarde llegó el subinspector con el deber cumplido. Había tenido la suerte de que ambas chicas salieran juntas de la peluquería. Las abordó en la entrada del metro. Resultado: Asunción llegó como todos los días. Sin embargo, nada más abrir el local tuvo que ir a Correos a buscar un paquete. Llegó una hora después, sobre las diez, y, efectivamente, llevaba un paquete con productos de belleza capilar que había comprado vía internet. Una vez más, antes de cargar sospechas sobre alguien, estábamos en manos del forense, que nos daría intervalos de tiempo fiables.

Llegó el día soñado, y a primera hora de la mañana ya estábamos el subinspector y yo, llenos de ilusión, en el Anatómico Forense. Sé que es un lugar extraño para acudir a él ilusionado, pero el resultado de aquella autopsia era crucial para nuestra investigación. El aspecto de la forense encargada del cadáver de Ismael nos sorprendió. Tendría poco más de treinta años, en su pelo muy corto destacaban algunas mechas de color violeta y llevaba en el antebrazo un complicado tatuaje que entrelazaba una pequeña calavera y una brújula. En realidad, su pinta no difería mucho de la que exhibía la hija de Asun. Supuse que era una cuestión generacional. En mi época estropeábamos la belleza de la juventud con melenas descuidadas y pantalones acampanados. Hoy en día hay métodos más drásticos para convertirse en un adefesio a los ojos de la gente convencional. Por fortuna, la médica no era seca ni antipática, sino bastante cordial.

—¿Queréis ver el cadáver ahora o después de hablar conmigo?

—Después, después —afirmó enseguida Garzón, que debía de haberse arreado un desayuno en toda regla y posponía las emociones fuertes.

Nos hizo pasar a su despacho y sentarnos. Me extrañó, porque habitualmente este tipo de visitas suele arreglarse con unos comentarios superficiales, una ojeada al cuerpo y la entrega de la filmación de la autopsia.

—Quiero hablar con vosotros porque el caso es raro de verdad. El tipo tenía la boca y la parte superior del esófago llena de matarratas, eso ya lo sabéis, pero desde luego no lo tragó, no hemos encontrado esa sustancia en su estómago. Además, ese matarratas tampoco hubiera sido capaz de cargárselo así como así. Los síntomas que presentaba eran otros. Para empezar, en cuanto lo manipulamos mínimamente, el pelo que le quedaba en la cabeza se le cayó a puñados. Eso me hizo sospechar y encargué rápidamente un análisis de sangre. En el resultado vimos que tenía restos de talio en el organismo. ¿Habéis oído hablar del talio?

Tanto el subinspector como yo salimos de nuestro embobamiento para negar al unísono con la cabeza.

—¿Recordáis el caso del espía Alexandr Litvinenko? Salió en todos los periódicos. Lo envenenaron los servicios secretos rusos. Al principio se creyó que era con talio, porque se quedó completamente calvo, aunque después se averiguó que se trataba de polonio.

—¿Y...?

—Sólo lo preguntaba por si sabíais algo de esa sustancia. El talio es un metal que se puede disolver y precipitar. Terriblemente venenoso, incoloro, inodoro e insípido, como si fuera agua. Hace años se usaba con bastante frecuencia sin ningún tipo de precaución porque la sociedad era así de bestia. Lo empleaban para fabricar pesticidas, para matarratas, para matar hormigas, hasta para productos cosméticos. En los años setenta Estados Unidos lo prohibió, y después un montón de naciones civilizadas siguieron su ejemplo.

—¡Joder! —masculló Garzón.

—¿Y hoy en día dónde puede encontrarse?

—¡Muy buena pregunta, inspectora! He estado informándome y al parecer se extrae de los barros de ácido sulfúrico y se usa en hospitales y centros médicos, algo que yo no sabía. Hacen gammagrafías a los enfermos del corazón y las partes infartadas no aparecen, gracias al talio. Así saben los lugares que están dañados y los que no. Quizá vuestro asesino es médico o enfermero.

—No es una posibilidad con la que hubiéramos contado.

—Contad también con el gran monstruo.

—¿El gran monstruo?

—El lado oscuro de internet. Ahí puede encontrarse de todo, y el talio no creo que sea una excepción.

—¿A qué hora se produjo la muerte?

—Sobre las nueve de la mañana, pero todavía no he acabado de contaros mis apreciaciones, y os advierto que ahora viene lo más raro de todo.

Nos quedamos mirando a la forense con incredulidad. ¿Podía haber algo más raro que lo que acabábamos de oír?

—Resulta que la cantidad de talio que se encontró en el cuerpo de la víctima en ningún caso pudo provocarle la muerte, es demasiado pequeña. A no ser que hubiera ido recibiendo otras pequeñas dosis con anterioridad y se produjera un efecto acumulativo.

—¿Y eso no puede saberse?

—Los restos de talio en sangre desaparecen a los pocos días, aunque no los efectos del envenenamiento, claro está. Es evidente que quien mató a ese hombre sabía muy bien lo que estaba haciendo.

—Más que nosotros sí sabía —afirmó tristemente Garzón.

—¿Me contaréis los avances del caso? ¡Es tan interesante como una novela de misterio!

—No se preocupe, doctora, yo misma la llamaré.

—¿Me hablas de usted?

—Es la costumbre. Entre nosotros también nos hablamos de usted.

—¡Uy, qué graciosos!

Obviamente le causamos la impresión de una antigualla difícil de catalogar, aunque eso me inquietaba muy poco. La confusión que sus datos habían creado en mi cerebro era lo único que en aquellos momentos me interesaba de verdad. Dimos unos pasos en silencio por la calle y vi la terraza de un bar completamente vacía. Arrastré a mi compañero hacia allí. Nos sentamos y pedimos café.

—¿Usted entiende algo, Fermín?

—Ni una palabra. ¿Alguien fue envenenando poco a poco a Ismael?

—Eso parece. Pero ¿qué pinta en esta historia un espía ruso o un médico asesino? ¡No hay nada más lejano a la realidad cotidiana de la víctima!

—Desde luego, ¿y qué me dice del despliegue de matarratas? Pongamos que fuera un intento de despistarnos simulando un suicidio, pero, entonces, ¿por qué coño descerrajan la puerta?

—La gran incógnita es: si como ha dicho la forense, quien cometió el crimen sabía muy bien lo que estaba haciendo, ¿cómo puede ser tan burro de ignorar que los resultados de la autopsia nos pondrían sobre la pista del talio?

—Quizá su conocimiento de esa sustancia era incompleto, quizá pensó que desaparecería del todo en la sangre. ¿Sigue firme su hipótesis de un crimen familiar?

—Por lo que llevamos investigado, nadie fuera de la familia tenía motivos para desear la muerte de Ismael.

—¿Y su familia sí los tenía?

—En todas las familias existen motivos para desear la muerte de alguno de sus integrantes; lo que ocurre es que la mayor parte de ellas no se decide a actuar.

—¡Joder, Petra!, lo que dice es tan demoledor que no puedo ni planteármelo.

Tal y como estaban las cosas, sólo se me ocurrían dos movimientos que debíamos hacer. Era posible que Asun tuviera algún cliente del mundo sanitario que la hubiera asesorado sobre el talio y le hubiera proporcionado el veneno. Y luego estaba «el gran monstruo», necesitábamos incautar todos los ordenadores que hubiera en casa de Asun y hacer inspeccionar los discos duros en busca de sus contactos por internet, pero para eso era precisa una orden del juez.

Empezamos por «el gran monstruo» en la red. El juez no puso ninguna dificultad en proporcionarnos una orden de incautación. Acudimos a la peluquería. Sara no estaba, así que hablamos con Asun. En su casa sólo había un ordenador, que pertenecía a su hija. Ella utilizaba el de la peluquería, pero exclusivamente para hacer pedidos de productos capilares por internet. Se quedó anonadada cuando le dijimos que nos los llevaríamos los dos. No hizo ninguna pregunta.

—Este ya se lo pueden llevar ahora mismo. Si tengo que pedir algo, ya lo haré por teléfono, pero el de mi chica...

—Es un trámite. Venga con nosotros y ábranos su casa.

Lo del trámite no debió de convencerla lo más mínimo, porque durante todo el trayecto hacia su casa estuvo desgranando las muchas virtudes de su hija que pudieran alejarla de cualquier sospecha: buena, amable, trabajadora..., la mejor chica que una madre pudiera desear. Nadie la contradijo, es bastante lógico que una madre intente desviar de su hija cualquier tipo de culpabilidad, pero semejante actitud no aclaraba gran cosa.

Más tarde, le pedimos al comisario que solicitara prioridad para los discos duros que habíamos llevado al Departamento de Informática. No se negó, pero tuvimos que oír cosas tan poco estimulantes como que le costábamos más que un hijo tonto para no avanzar ni de coña en el caso. Una exageración.

Mientras los peritos trabajaban, nos dedicamos a incordiar a las tres generaciones de mujeres presentes en el caso a ver si sonaba la flauta por casualidad. Un poco de presión suele destapar las ollas mal cerradas. Visitamos varias veces la peluquería, hablamos con la madre, con la hija, y hasta nos personamos en el domicilio de la abuela descartada. Asun era quien se ponía más nerviosa de las tres. Quizá estaba en ella la solución, aunque el móvil del crimen seguía pareciéndonos misterioso. Empezamos a preguntarle por sus clientes, ¿tenía algún médico o enfermero entre ellos? Negó con la cabeza muchas veces, luego afirmó que no conocía todas las ocupaciones de la clientela, lo cual era bastante normal. Sin embargo, desde que se destapó nuestro interés por la gente que acudía al local, su nerviosismo aumentó. Eso pudo deberse al miedo de malograr el negocio, en especial cuando Garzón la amenazó con revisar las fichas de todos sus clientes, algo que, si no había descubrimientos en los discos duros, quizá nos veríamos obligados a hacer.

Si al principio habíamos depositado toda nuestra confianza en la medicina forense, ahora era la informática quien ocupaba ese lugar. Pero como un náufrago que ve pasar a lo lejos un barco sin conseguir que se fije en él, así nos sentimos nosotros cuando revisamos el contenido de ambos discos duros. No había nada sospechoso, ninguna veta de mineral precioso, ningún cabo del que tirar. La decepción fue mayúscula y, encima, nos hizo perder un montón de tiempo. A aquellas alturas, sabíamos que el ultimátum del comisario no era ninguna *boutade*, pronto nos daría otro caso, relegando el presente, o nos lo quitaría de las manos.

—¿Qué hacemos, inspectora?

—¿El harakiri le parece bien?

—O sea que se da por vencida.

—Simplemente me pregunto qué es más digno, si un suicidio ritual o que te quiten un caso delante de tus narices.

—Coronas no habló de quitarnos el caso, sino de darnos otro.

—Sí, probablemente como premio de consolación.

Me encerré en mi despacho buscando una solución de urgencia. Lo del crimen familiar era una hipótesis tan firme que no pensaba abandonarla. Había que meter todavía más presión en la máquina, no veía otra salida. La duda era ¿sobre quién? La madre podía tener sus motivos: ¿peleas, amenaza de abandono, una infidelidad? Sobre la hija bien podía recaer también la sospecha, las cuestiones de dinero que había mencionado Julio no eran un móvil baladí.

Llamé al subinspector y, entre ambos, pergeñamos una estrategia que sirviera para tensionar a las dos mujeres conjuntamente. Por fuerza, nuestra estrategia debía estar impulsada por cierta agresividad, pero no tanta como para resultar denunciable o demasiado evidente. Pensamos que dejar atrás el detalle delicado de no mostrarnos frente a los clientes de la peluquería era ya un buen comienzo. Nos plantaríamos por las buenas en el local. Como segunda providencia, nos repartimos la labor de ser un incordio permanente. Yo incordiaría a la madre pasando revista a las fichas de sus clientes en su mismo ordenador y haciéndole preguntas sobre algunos de ellos o incluso llamándolos por teléfono. Incordiar a la hija era más conflictivo, así que decidimos que Garzón la seguiría a todas partes sin tomar ninguna precaución para que ella lo advirtiera, y cuando estuviera trabajando le haría preguntas de tanto en tanto, aunque fueran auténticas nimiedades. Teníamos tres días para llevar a cabo aquella obstrucción de su vida normal, para que se dieran cuenta de que no soltábamos la presa, para que comprendieran que, inexorablemente, seguiríamos allí.

Al segundo día de plantarnos libremente en la peluquería el flujo de clientas había disminuido, la voz de nuestra presencia se había corrido con rapidez. A nadie le gusta compartir espacio con una investigación policial. Los nervios de Asun estaban a flor de piel, Sara aguantaba mucho mejor el tirón. No era significativa ninguna de las dos reacciones, cuestión de caracteres, pensé. Al tercer día saltaron los resortes y el vapor se coló por las rendijas, pero de un modo que, desgraciadamente, jamás hubiera podido imaginar.

Sobre las nueve de la mañana sonó mi móvil. Estaba en casa desayunando. Como la noche anterior me había quedado en comisaría trabajando hasta tarde, había llamado para advertir que llegaría sobre las diez. No me dio tiempo siquiera a terminar el café. Era Garzón.

—Inspectora, venga inmediatamente al piso de la víctima. No a la peluquería, sino a la vivienda, me ha entendido, ¿verdad?

No era preciso añadir que se trataba de un asunto grave, el tono y la concreción de mi compañero bien lo daban a entender. Conseguí llegar a destino sin preguntarme ni una sola vez qué habría sucedido, pero el torrente contenido de mi curiosidad se desbordó al salir del coche. Había policía y una cinta aislaba la puerta del edificio. Me precipité sobre el subinspector.

—¿Qué ha pasado, Fermín, qué ha pasado?

Garzón estaba blanco.

—Asun se ha tirado desde su piso por el patio de luces. Avisaron los vecinos. Al caer rebotó contra un tendedero y ha salvado la vida, pero está muy mal. Se la han llevado a Vall d'Hebron. Ha ido con la ambulancia una dotación de dos hombres.

Sin responder ni una palabra corrí de nuevo hacia el coche. Mi compañero me atajó.

—No corra, Petra, ya no hay prisa. El juez está arriba en el piso. Me ha pedido que lo esperemos aquí.

—¿Usted ha podido verla?

—No, cuando llegué ya iba camino del hospital.

La angustia que sentía casi me impedía hablar, pero logré balbucir.

—No ha aguantado la presión de los últimos días, pero, ¿por qué, dígamelo, por qué?

—Adelantar acontecimientos no sirve de nada. Serénese, Petra, por favor.

Ignorando a los curiosos que observaban la escena desde lejos, me senté en el lugar del conductor y coloqué la cabeza entre las manos. No me veía capaz de ordenar ni un solo pensamiento lógico. Al cabo de poco llegó el juez. Me saludó tranquilamente.

—Bueno, yo ya he terminado de momento. La mujer ha dejado una carta de autoinculpación. Se la leo y así ya me la llevo con las otras pruebas del sumario.

Con las manos enguantadas en látex abrió la bolsa de plástico y sacó la carta. Empezó a leer:

> Yo, Asunción del Corral Medina, con las facultades mentales en buen estado, pongo fin a mi vida hoy sin que nadie me obligue. Confieso además haber envenenado a mi novio Ismael Pino porque me había sido infiel. No culpen a nadie más porque lo hice sola. Sólo espero que Dios me perdone por todo.

—¿Qué les parece?

—Muy fuerte —dijo Garzón mientras yo guardaba silencio—. Comprobaremos la autenticidad de la letra manuscrita.

—Entonces, ¿se lleva la prueba usted?

Los dejé con sus pormenores técnicos. Llamé a uno de los policías.

—Avisen a la hija. Este es el número. Se llama Sara.

Nos despedimos del juez y volamos hacia Vall d'Hebron sin intercambiar ni una sola palabra en el trayecto. Nuestros cerebros iban cada uno por su lado, aunque con toda seguridad pensaban en lo mismo.

Asun había sido ingresada en la uci, con politraumatismos y conmoción cerebral. El médico que estaba a su cargo aceptó hablar con nosotros. El pronóstico era grave, pero cabía la posibilidad de que sobreviviese. Había que esperar e ir viendo cómo evolucionaba. Advertí a los dos policías que había en la puerta de que no abandonaran sus posiciones, podían hacer turnos de uno en uno, pero no dejar la vigilancia en ningún caso.

Diez minutos más tarde apareció Sara custodiada por uno de nuestros hombres. Estaba lívida. Se dirigió a mí inmediatamente.

—¿Qué ha pasado?

—Al parecer, tu madre se ha tirado por la ventana del patio interior.

—¿Cómo está? Quiero verla.

—Hay alguna posibilidad de que sobreviva, pero está mal.

—He dicho que quiero verla.

—Eso es imposible. En la uci no entra nadie.

—¿Y ustedes qué hacen aquí, y ese poli de uniforme? ¿Es que no van a dejarnos nunca en paz? ¿Qué más hace falta que pase para que se larguen de una vez?

Había gritado, los que pasaban por el pasillo se pararon brevemente a mirar. El policía se acercó:

—¿Todo bien, inspectores?

—Todo bien, vuelva a su lugar.

Me volví hacia la chica, que respiraba aceleradamente.

—Estamos aquí porque tu madre ha dejado una carta de autoinculpación.

—¿Y eso qué es?

—Ha confesado por escrito haber matado a Ismael. Por eso hay un policía en la puerta.

En cuanto oyó mis palabras se le doblaron las rodillas y cayó al suelo de forma ralentizada. Adoptó una postura fetal. Murmuraba:

—No, por favor, mi pobre madre no. Toda la vida sufriendo, mi madre no, ella no. Mamá, perdóname, perdóname. Tú no, tú no.

Garzón se acercó al *pull* de enfermeras de planta, les pidió un lugar reservado para llevar a la chica. Nos ofrecieron su propio despachito. Para llevar a Sara hasta allí hizo falta el concurso del policía de vigilancia, no podíamos entre Garzón y yo, se arrastraba.

Una vez en la minúscula estancia, se echó a llorar espasmódicamente.

—¿Por qué, por qué? —repetía.

Esperamos un rato, pero no se calmaba. Me la jugué.

—Tú sabías que tu madre era culpable, ¿verdad, Sara? Sabías que mató a Ismael.

Negaba con la cabeza, su cara se había convertido en una máscara encarnada.

—Yo he tenido la culpa, yo he tenido la culpa.

Me la jugué mucho más.

—Has tenido la culpa porque quien mató a Ismael fuiste tú, ¿es cierto o no? Aunque ahora, si sobrevive, será acusada del crimen e irá a la cárcel de por vida.

Hipaba, lloraba, tosía..., lo que decía no era fácil de entender.

—Fui yo, fui yo —dijo por fin claramente.

—Y ayer se lo confesaste a tu madre. ¿Me equivoco, Sara, estoy equivocada? Ayer le dijiste a tu madre que tú te cargaste a su novio. Ella ha intentado suicidarse para salvarte a ti de una acusación de asesinato. ¿Sí o no, Sara, sí o no? ¡Contéstame!

Dio un alarido inhumano, empezó a gritar como una loca:

—¡Sí, sííííí! ¡Yo quería librarla del hijo de puta, pero la he matado! ¡Yo, sólo yo!

Entraron las enfermeras, alarmadas. Sara estaba en el suelo, mugía como un animal. Les pedí que le dieran algo para calmarla. Le pincharon en un brazo y cerró los ojos.

Cuando estuvo serena, aunque un tanto zombi, la condujimos a comisaría, detenida. Garzón me comentó:

—Buen trabajo, inspectora. Aprovechó muy bien el momento. Seguramente no es un procedimiento del todo ético, pero funcionó.

—Hace tiempo que aprendí que la ética con los asesinos importa una mierda, Fermín.

Dos días más tarde Sara declaró ante el juez, y como consecuencia de sus palabras hubo una nueva detención. Cuando supimos su versión definitiva nos dimos cuenta de que el caso siempre había sido difícil de verdad. Ismael trataba muy mal a Asun en la intimidad: la despreciaba, la insultaba, le robaba dinero..., se había convertido en su dueño y señor. Sara estaba desesperada, su madre se había pasado la vida sufriendo por culpa de los hombres. Primero fue su marido, y ahora parecía incapaz de reaccionar en contra de aquel tipo, echarlo de casa, cortar de una vez por todas la relación. Ella repararía la injusticia haciéndolo desaparecer, pero ¿cómo? Patricia, su novia, le dio la solución. Trabajaba en una fábrica de ácido sulfúrico como encargada. Sabía perfectamente a dónde iba a parar la producción: a materiales de limpieza, fertilizantes, baterías, refinerías de petróleo... De los barros desechables del ácido sulfúrico se aislaba una sustancia de gran peligrosidad que debía ser manipulada con extrema prudencia: el sulfato de talio, vendido a la industria farmacéutica para uso hospitalario. Venenoso, inapreciable a la vista o el olfato. Todo consistía en ir robando una minúscula cantidad que iba entregando a su amada para que pudiera cumplir sus propósitos. Pero Sara no siempre estaba presente en las comidas familiares, añadirlo en las bebidas que podía consumir Ismael entrañaba además riesgos considerables. Para eso también encontraron solución. Como «todos quieren ser hermosos», Ismael se depilaba el pecho en los servicios de belleza de la peluquería de su pareja, una práctica muy usada entre los varones jóvenes. Sara estaba encantada poniéndole el ungüento mortal mezclado con simple crema depilatoria. El talio se absorbe perfectamente por la piel. La idea se le ocurrió a aquel dúo asesino consultando al gran monstruo de internet. Hasta rieron al leer que el talio se había empleado en el pasado como depilatorio de modo absolutamente legal. ¿Qué más podían pedir?

El único inconveniente del plan era su lentitud. Tampoco sus conocimientos médicos resultaban suficientes como para saber cuándo se produciría la muerte por acumulación. Al notar que los síntomas de deterioro eran ya muy evidentes en su víctima (observaron su calvicie progresiva, su deterioro en la salud), se decidieron a ponerle en el desayuno una cantidad importante de talio. Como dijo la autopsia, no hubiera sido suficiente por sí misma como para cargárselo, pero fue la bomba final. Luego, agotadas las ideas geniales, se les ocurrió la niñería del matarratas y no olvidaron descerrajar la puerta. Tampoco les preocupaba mucho la labor de la policía, el sistema del asesinato les parecía tan complejo que estaban convencidas de que nadie daría con él. Y lo era, ¡vive Dios que lo era! Sólo el factor humano lo desbarató. La madre y la hija tuvieron una discusión, y Sara se dejó llevar. «Como eres una estúpida que se deja masacrar, yo te he librado del cabrón.» Asun no soportó la terrible confidencia. Intentó matarse no sin antes dejar una última prueba de amor maternal: la carta de autoinculpación. Pero ese mismo factor humano me hizo reflexionar: Asun no tenía el perfil de una asesina, nunca hubiera sido capaz de matar. La hija era el objetivo final de la investigación, y el desarrollo de los hechos aclaró lo demás.

—Chicas listas esas dos, ¿no es cierto, inspectora?

—Chicas temibles, es verdad.

—En el fondo, todas las mujeres lo son.

—Mejor lo dejamos sin sacar conclusiones, ¿no le parece? Por cada mujer temible hay cien que se dejan maltratar y destruir por amor y otras cien dispuestas a morir por librar a sus hijos de cualquier responsabilidad negativa. No vamos bien, Garzón, nuestro mundo es una caca.

—¿Se ha enterado de si Asun sobrevivirá?

—Parece ser que sí, aunque puede que tenga secuelas a la hora de caminar normalmente durante el resto de su vida.

—Por lo menos sabrá que su hija la quiere tanto que mató por ella.

—Sí, el amor todo lo fastidia y todo lo compensa. Una gran paradoja universal.

Garzón ya me había dado suficiente tiempo para filosofías destructivas; de modo que inmediatamente propuso ir a tomar una cerveza helada. Debíamos celebrar haber conseguido cerrar el caso en una semana. Ultimátum superado. Ni que decir tiene que nadie nos felicitó oficialmente. A pesar de haber sido un asunto complicado, carecía de cualquier relumbrón social. Hablando de compensaciones, la nuestra se limitó a la sensación del deber cumplido y a la esperanza de que el próximo asesinato que nos tocara resolver fuera menos trágico, menos desagradable, menos familiar.

Vinaròs, octubre de 2023

Mi agradecimiento al doctor Miguel Orós, que me ha asesorado en los aspectos de medicina legal que he necesitado para escribir estos cuentos.

Índice